いろは匂へど

瀧羽麻子

いろは匂へど

イラスト／榊原直樹

もくじ

猿が辻

お花見に行こう、と思いたった。

店は休みだ。午後になって雨はやんでいる。ちょうどもらいものの阿闍梨餅《あじゃりもち》があるから、おやつに持っていこう。

あじゃりもち、あじゃりもち。でたらめな節をつけて口ずさみながら、勢いをつけて畳から上体を起こす。阿闍梨といえば徳を積んだ高僧のことだ。高貴な名をいただいているだけあって、阿闍梨餅にはひとを動かす力があるのかもしれない。

出かけよう。夕方まで寝そべったままぐずぐずと時間をつぶすより、外の空気を吸って気をまぎらわせよう。

クローゼットがわりの押入れを開けて少し迷った末に、これからの予定を考え、めったに出番のないサテンのワンピースを選んだ。その上に防寒対策として、これは毎日愛用している、膝まで隠れる古着のトレンチコートをはおってみる。最後に、個包装された阿闍梨餅をひとつ、小さなビロードのハンドバッグにしのばせた。

あじゃりもち、あじゃりもち。桃太郎のきび団子ほどではないけれど、なかなかパワフルな阿闍梨餅。

底の平らなバレエシューズをはいて、勝手口を出た。細い路地を抜けると寺町通につきあたる。正面に立つまるいミラーを見上げ、雨粒がくっついた鏡の中に珍妙な格好の女をみとめて、わたしは思わず苦笑した。女も笑い返してくる。

寺町通を、まっすぐ北へ歩く。向かい風がむきだしの顔をなぶっていく。コートをはおっていても体の芯まで冷える。京都の冬は、本当に、いやがらせのように寒い。雪でもちらつこうものなら、意地悪を通り越して殺意すら感じる。四月に入ってさすがに少しずつあたたかくなってきたとはいえ、陽ざしが届かない日はまだ肌寒い。重苦しい鉛色の空を、立ち並ぶ町家や古ぼけたビルのシルエットが黒く縁どっている。このへんは低い建物が多くて空の面積が広い分、今日みたいな曇天だと街全体がもったりと暗い。まだ四時にもなっていないのに、夕暮れの気配があたりを覆《おお》いはじめている。

二条通、夷川通《えびすがわどおり》と順に越えた。歯医者の前にびっしりととめられた自転車をよけ、行列のできている人気の和菓子屋を横目に通り過ぎる。はす向かいにある八百屋の店先には泥だらけのたけのこが並んでいる。年季の入った看板をかかげた鮨屋の、引き戸の隙間《すきま》から、お酢のいいにおいが漂ってくる。

竹屋町通を過ぎ、大通りに出た。丸太町通だ。横断歩道の手前でわたしは足を止めた。渡った先には、森がある。乗用車やバスがさかんにゆきかう、左右二車線の広々とした車道の向こうに、いささか唐突な感じで。


むろん、ただの森ではない。

京都御苑の広々とした敷地には、立派な木々が鬱蒼《うっそう》と茂り、四季おりおりにみごとな花や紅葉で人々を楽しませてくれる。ここをめざしてやってくる観光客が多いのはもちろん、市民の憩いの場としてもにぎわっている。

しかし今日は空いていた。いくつか置かれている木のベンチにも人影はない。わたしは入口近くのひとつに近づき、濡《ぬ》れた座面をハンドタオルで軽く拭《ぬぐ》って、そろそろと腰を下ろした。

頭のてっぺんにぽつんと冷たいものが落ちてきて、反射的に上を見る。桜のこずえには、雨粒と一緒に、まだ硬そうなつぼみがぽつぽつとくっついていた。さほどがっかりはしなかった。桜が咲いていないだろうことはうすうす予想していた。散歩の気分を盛りあげようと、お花見と名づけてみただけだ。

花より、阿闍梨餅。

ばりばりと包装を破っていたら、制服らしきブレザーの上にマフラーをぐるぐる巻いた女子高生が、ちょうどベンチの前を通りかかった。不審なものを見る目で一瞥《いちべつ》をよこす。このどんよりした空模様の下で、わざわざ濡れたベンチに座って餅をかじろうとしている女は、やっぱり変に見えるのだろうか。

紫《ゆかり》ちゃんはへんこやな、とよく言われる。

はじめて聞いたときには意味がつかめなかったこの形容詞は、京言葉で変わりものを指すという。東京だったら、紫ってちょっとずれてるんだよねえ、と評されていたところを、京風に言い換えるとこういう言いかたになるらしい。がんこ、こだわりがある、という含みもあるようだ。

自分では、ぴんとこない。好ききらいはわりとはっきりしているほうだし、職業柄そういう先入観を持たれがちな部分もあるのかもしれないけれど、わたしはどう考えても個性的とはいえない。奇を衒《てら》うつもりもなければ、注目されたい、目立ちたいといった欲もない。譲れるところは譲り、土地の言い回しを借りれば「あんじょう」折りあいをつけて、いたって地味に生きてきた。今だって、さして奇抜な行動をとっているわけでもない。京都御苑を訪れるひとは皆、思い思いに時を過ごす。ベンチでお弁当を広げたり、砂利道をぶらついたり、ジャージ姿でストレッチをしたり。今日はたまたま閑散としているだけで、女子高生に眉をひそめられる筋あいはない。

冷ややかな視線にはかまわずに、わたしはやわらかい生地をかじった。女子高生がさっと目をそらし、足早に去っていく。プリーツの入ったミニスカートは、膝上十五センチは下らない。そこからつき出している存在感のある太ももに、つい見入ってしまった。後姿ならいくら眺めても訝《いぶか》しがられる心配はない。

阿闍梨餅はしっとりと甘かった。薄い皮とあっさりした餡《あん》を、ひと口ずつゆっくり咀嚼《そしゃく》する。小さなまるい餅が、満月から半月へ、さらに三日月へ、だんだん欠けていく。新月を迎えるまでにそう時間はかからなかった。

空になった袋をまるめてバッグに戻してから、うんと伸びをしてみた。いつのまにか空の雲は切れ、隙間から夕日がのぞいて、清潔な光ががらんとした御苑へ降ってきた。

小さい頃、親に連れられて訪れた広い公園を、ふと思い出す。家の近くの、あれは代々木公園だっただろうか。入口には屋台が立ち、砂糖をまぶしたまるい小さなカステラが売られていた。ぱさついていてそんなにおいしくないと頭ではわかっているのに、どうしてもねだらずにはいられなかった。たまに買ってもらって芝生の上で食べた。ほら、おいしくないじゃない、とぶつぶつ言っている母を、まあこういうのは気分の問題だからな、と父がなだめた。公園の中はいつもお祭のようににぎやかだった。集まってきた人々は、芝居のせりふを読みあげたり太鼓をたたいたりパントマイムを披露したり、てんでばらばらに自己表現にいそしんでいた。

わたしは立ちあがり、膝の上を払った。「変わっている」と呼ばれるべきなのは、わたしよりもあのひとたちのほうだろう。

入口を背に御苑の奥へと足を向けつつ、さらに考えてみる。変わっている、というのを世間一般との対比ではかるとすれば、わたしも多少は平均からずれているかもしれない。会社勤めの経験がないし、そこで身につくはずの常識に疎《うと》いし、集団行動が苦手だ。あとは、たぶんその結果として、しがらみというものがひとよりも少ない。会社にも家庭にも属していないおかげで、身軽なのだ。出かけようとひらめくなり、すぐに出かけられる。行き先も道筋も自由に選べる。陰気な曇り空も湿ったベンチもぬかるんだ道も、気にしない。もしも連れがいたらこう気楽にはいかない。まだ桜が咲いてもいないのに、お花見には誘えない。

歩きたいと思ったら、わたしは歩き出すことができる。いつでも、どこへでも。好きな目的をかかげて。ひとりきりで。

なんとなく勇ましい気持ちになってきた。手にさげたハンドバッグを揺らしながら、ずんずん歩く。バレエシューズの靴底を通して砂利の感触が足裏に伝わってくる。正面に橙色《だいだいいろ》の西日がぽかりと浮かんでいる。

やがて、ひときわ広い道に出た。御苑の敷地内だというのに道幅は数十メートルもあるだろうか。普通の車道、たとえばさっきの丸太町通よりも、何倍も広い。行く手に、屋根のついた門とその左右にめぐらされている白い塀が小さく見える。もっとも、小さく感じられるのは距離があるからで、実際はかなり大きい。あまりに広すぎて遠近感が狂うのだ。門の奥には御所の建物がひかえている。皇居が東京に移される前は、ここが歴代の天皇一族の住まいとして使われていたらしい。やんごとない方々を護るために御所の周囲をぐるりと囲っている塀は、空から見ると長方形になっていて、四辺がきれいに東西南北に面している。この建礼門は南の辺の中央にあたる。

ものものしい門がまえの前までたどり着くと、塀に沿って反時計回りに進んだ。進むにつれて足どりはどんどん軽くなる。目的地の、北東の角が前方に見えてきたときには、ほとんど駆け足になっていた。はずんだ息をなだめつつ、斜め上をあおぐ。

いつものように、猿はいた。

北東の角は、先ほど通過した南東のそれとは形状が違う。通常、角といえば外に向かってつき出しているものだが、ここでは逆に、壁が四角く「く」の字にへこんでいる。鬼門《きもん》という言葉があるように、古来、北東の角からは鬼が入ってくると信じられていたのだ。鬼がしのびこんでくる角をなくそうと工夫した結果、このかたちに落ち着いたという。都の人々はひどく鬼をおそれていた。おそれるあまり、角を押しこんだだけではまだ安心できず、さらにもうひとつ鬼門を封じる手だてを講じた。

それが、猿だ。神の遣いとされる猿が、やってくる鬼を追い返すべく、軒先に祀《まつ》られた。烏帽子《えぼし》をかぶって白い御幣《ごへい》をかかげた木彫りの猿にちなんで、ここは猿《さる》が辻《つじ》と呼ばれている。観光客の間でもそれなりに有名らしく、ときどき写真を撮っている姿も見かけるが、今は誰もいない。

あたりを赤く染めあげている夕日の光も猿のもとまでは届いていない。表情も体勢もよく見えない。それでも、暗がりにひっそりとたたずむ猿を存分に眺められて、わたしは満足だった。会えてよかった。気が乗らない用事があるときや、面倒な仕事を持て余しているとき、自然にわたしの足は猿が辻に向く。ひとりぼっちでこの街を守っている猿を見つめていると、少しずつ元気がわいてくる。

せっかく回り道をして猿に挨拶してきたのに、西陣のパーティー会場に足を踏み入れるなり、わたしの気力はみるみる萎《な》えた。

こぢんまりとしたギャラリーは、大勢の招待客でごったがえしていた。ちゃちなまるいテーブルがいくつか置かれ、毒々しい色あいのウェルカムドリンクと、趣味の悪い大皿に盛られたおつまみが並んでいる。入ってすぐのテーブルからオレンジジュースを取ると、わたしはじりじりと壁際ににじり寄った。景気よく飲みたいのはやまやまだけれど、他人ばかりに囲まれて酔いたくはない。

パーティーは苦手だ。たくさんの見知らぬひとたち、彼らがまとっている熱気。香水や煙草のにおい、そこここで上がる笑い声、熱帯魚を連想させるぴらぴらしたドレス。狭い空間に詰めこまれたなにもかもに、うんざりしてしまう。

サテンのワンピース越しに硬い壁の感触を背中で確かめて、やっと一息ついた。隅のほうがわずかながら空気が濃い。氷で薄まりかけたジュースをひと口飲み、混みあった会場を見回してみる。招待状を回してくれた得意先に挨拶しなければならない。そのためにわざわざ足を運んでいるのだ。さっさと顔を見せて義理を果たしたら、さっさと退散しよう。

考えていた矢先、だしぬけに話しかけられた。

「飲まないんですか？」

むせそうになったのをこらえ、わたしは息をととのえて答えた。

「飲んでますけど」

「でもそれ、ジュースですよ」

グラスを指さして屈託なく言ったのは、見知らぬ男だった。

まず、服装に目がいった。和服を着ている。渋いこげ茶色の地味なものだし、着慣れているのかこなれた雰囲気ではあるものの、男性の着物姿はやはり目立つ。

「ジュースじゃ、つまらないでしょう。もっとちゃんとしたものを飲まないと」

男は懐手《ふところで》をしてにやにや笑っている。着物以外にはこれといった特徴もない。中肉中背の中年、トリプル中の、ありふれた外見だ。顔の造作も普通だった。とりたてて美形でもなく、不細工でもない。

「いいです、別に」

むっとして言い返した。初対面の人間に向かって、つまらない、はないだろう。こんなところでジュースを飲むなんてどうかしているとでも言わんばかりの、からかうような口ぶりも耳ざわりだった。やせがまんしなくていいのにという皮肉にも聞こえたのは、穿《うが》ちすぎだろうか。

ともかく、感じが悪い。

「いや、ジュースはちょっとあれですよ」

彼はにこやかにわたしのグラスを取りあげ、くるりと回れ右をした。その身のこなしがあまりにすばやかったというのが、断れなかった理由のひとつめだ。

「待ってて下さい。シャンパンを持ってきます」

ふたつめは、着物の生地だった。身を翻《ひるがえ》した彼の着物がぱっと輝いたのだ。肩から背中にかけて稲妻のように走った光に、一瞬みとれてしまった。無地に見える布に実は模様が入っているのか。それとも特殊な織りかたや染めかたを施しているのか。専門的な技巧はさっぱりわからないけれど、ふれてみたくなる。今日は染めものの新作披露の会だから、どこかの関係者なのかもしれない。

茶色の背中は人波にまぎれて見えなくなった。そのへんから取ればいいのにと訝りつつ手前のテーブルに目をやって、気づく。シャンパンなんかどこにもない。置かれている飲みものはビールとカクテル、それからソフトドリンクだ。

冷静になってみれば、よほど豪勢なパーティーでもない限りシャンパンなど出てこない。あの調子のよさからして、「ちゃんとしたもの」にひっかけて言ってみただけで、ただの冗談だったのかもしれない。ありえる、と思ったところで脱力感が襲ってきた。いっそこのまま帰ってしまおうか。彼が戻ってきたら、おそらくまた実のない会話がはじまる。第一印象からして気が合う可能性は限りなく低い。相手を小馬鹿にしたような物言いも、なれなれしい態度も、好きになれそうもない。一方、彼がこのまま戻ってこなかったとすると、待ちぼうけを食わされる羽目になる。それはそれで、もっと癪《しゃく》だった。

パーティーはこれだからいやだ。一度きりしか会わない人間に、その場しのぎの浅い会話。二十代の頃に比べたら、そつなく切り抜ける術も学んではきたものの、やっぱり神経はすりへる。最近は特に、ひとが集まるところから足が遠のきつつある。他人といるよりひとりで静かに好きなことをするほうが断然いい。古い友達とすらどんどん疎遠になっているのに、新しく誰かと知りあいたくもない。

出口に向かおうとして、しかしわたしは立ちどまった。彼がひとだかりをかきわけて、いそいそとこちらへ歩いてきたのだ。

着物はもうきらめいていなかった。さっきの輝きは照明のかげんか、あるいはわたしの気のせいだったのだろうか。かわりに、今度は手もとのほうがちかちかと光っている。両手にひとつずつ持っているグラスは、他の人々が手にしているものとは違った。シャンパン用の、細長いやつだ。底から小さな泡がわきあがっている。

「お待たせしました」

片方のグラスを差し出され、そこでようやく、わたしは相手の顔をちゃんと見た。

満面の笑みを浮かべている。シャンパンで懐柔されたわけではないけれど、うれしそうな笑顔も手伝ってか、先ほどよりも心なしかひとが好《よ》さそうな感じもした。正面からよく見たら、左右で目のかたちが違う。右が二重、左が一重で、右の黒目のほうが微妙に大きい。見つめられるとどういうわけか落ち着かなくなってくるのも、ひょっとしたらこの非対称な両目のせいかもしれない。

「乾杯」

彼はふぞろいな目をすっと細め、華奢《きゃしゃ》なグラスを打ちつけてきた。年齢はわたしよりもだいぶ上、四十代の半ばくらいだろうか。坊主頭に近い短髪に、白いものがわずかにまじっている。

「乾杯」

しかたなく応じた。早く帰りたいのに、なんだか厄介なことになってしまった。

彼のほうは悠然《ゆうぜん》とグラスを傾けながら、満足げに周囲を見回している。大きさが違う双眸《そうぼう》の、目つきはどちらもやけに鋭い。といっても、にらみつけたり、威嚇《いかく》しているふうではない。すっかりくつろいで楽しそうなのに、どこか遠くを見通しているようなのだ。まさかすでに酔っぱらっているのでもないだろうが、若々しいというかパワフルというか、いっそ攻撃的といってもいいほど、まなざしが強い。目じりに刻まれた皺《しわ》や、それなりにくたびれている肌に比べると、どこかちぐはぐな印象さえある。

ふぞろいで、ちぐはぐ。それは彼が全身にまとっている空気でもあると、ふいに思いあたった。なんというか、バランスとでもいうようなものが、全体的に欠けている。

「おいしいですねえ」

彼がシャンパンをくいと飲み干し、同意を求めるようにわたしを見た。今度こそ、会話がはじまる。身がまえたちょうどそのとき、マイク越しの大声が響き渡った。

「コーザンさん？」

いつのまにか、前の雛壇《ひなだん》に司会者らしき男性が立っていた。首を伸ばして会場をきょろきょろと見回している。

「そろそろはじめたいと思います。コーザンさん、いらっしゃいましたら前までお願いします」

主催者側の誰かが開会の挨拶をするらしい。高山か、鉱山か、なんだか変わった名前だ。ひょっとしたら外国人かもしれない。

「はい、はい。ちょっと待って下さい」

なめらかな日本語が、わたしの思いつきをさえぎった。返事は肉声だった。しかもすぐ近くで聞こえた。

わたしは隣を見やった。彼は空になったシャンパングラスを頭上にかかげ、さかんに振り回していた。

パーティーからの帰り道でまた降りはじめた雨は、翌日も上がらなかった。

いつもどおり十時に店を開けたものの、昼を過ぎてもお客さんは来なかった。市役所の裏手、二条通に面した小さな店は、四条河原町や新京極といった繁華街からも程近い。恵まれた立地のおかげで十坪に満たない狭さでもなんとかやっていけているのだけれど、雨だと客足は絶望的に落ちる。ふだんより念入りに店内を片づけた後、商品の配置も少し変えてみることにした。

中央の丸テーブルからはじめた。食卓に見たてて飾ってあるふたり分の食器を、より春らしいものに取り替える。木目の美しい檜《ひのき》の盆に、そら豆をかたどった箸置きと木地呂《きじろ》塗《ぬ》りの箸をまず据えた。それから、桜の模様をあしらった平皿、唐津と赤絵の二種類の小鉢、つやつやと赤い漆塗りの汁椀、若草色の飯碗、と順々に並べていく。しあげに、大きさが異なる一対の猪口《ちょこ》をそれぞれの盆にひとつずつ配した。白磁の地に、大きいほうは水色、小さいほうは薄桃色で、花のような雲のような柄が入っている。同じシリーズのとっくりも盆の間に置く。数日前に仕入れたばかりのひとそろいだ。

バランスを見て配置を直し、一歩下がってできばえを検分した。やりかたは、決まっている。昔、この店に来たばかりの頃に教わった。

幸福な食卓を、思い浮かべるのだ。

想像する。並んだ器に色とりどりの料理が盛られている。平皿に鰆《さわら》の西京漬け、唐津にうどの酢みそあえ、赤絵には菜の花のおひたし。飯碗には鯛《たい》めしがたっぷりよそわれ、汁椀のふたを開ければ、蛤《はまぐり》とじゅんさいのお吸いものから細く湯気が上る。あとはおなかを空かせたふたりが席につくのを待つばかりだと、想像してみる。

ふたつの盆をわずかに近づけてとっくりをやや手前に寄せ、顔を上げると、テーブルを挟んで真向かいの窓が目に入った。ほぼ正方形のかたちをした店は南一面が道に面していて、左端のドア以外は広いガラス窓になっている。窓際には腰ほどまでの高さの台を並べ、布を敷いて商品を陳列してある。いわばショーウィンドウがわりなので、なるべく通りを歩く人々の目をひくように、大ぶりの土瓶や華やかな大皿の類が多い。窓の左右、つまり東西の壁は、天井まで届く棚で覆われ、皿に鉢、湯のみや茶碗まで、商品がみっしり詰まっている。

この中までいじり出すと大事になってしまうのでまたの機会に回し、かわりにはたきをかけることにした。手の届かない段は、脚立を使う。脚立に上るのは好きだ。見慣れた店が知らない場所のように映る。真ん中の丸テーブルも窓辺の台も、それぞれの上にのっているたくさんの食器も、天井近くの高さから見下ろすと印象が違う。飛行機の窓越しに眼下の街を眺めるときに似た、さびしいような、なつかしいような心持ちになる。わたしの身長は百六十五センチで、女性としては高いほうだけれど、このときばかりはもっと背が伸びてもおもしろいと思う。

　ドアに一番近い棚からはじめて、何度か脚立の位置を変えつつ壁一面分を終え、反対側に移った。入口の対角線上にあたる片隅には、レジ台がある。専用のものではなく、背の低い横長のたんすを斜めに据えて、空間を三角形に区切ってあるだけだ。確保したスペースの内側に、書類やこまごまとした文具をしまっておく小ぶりのキャビネットと、店番用の丸椅子をひとつ置いている。台の上に鎮座している古めかしいレジスターは、わたしが岡崎の古道具屋で買ってきた。店の調度品の中では新顔にあたるが、年季は負けていない。道具屋の主人には大正時代のものだと聞いた。わたしにしては珍しく、ひとめぼれだった。貴重な品だというわりには破格の値段だったので、日頃の倹約精神がぐらついて即決してしまった。ただし、掘り出しものだとほくほくしていたのは最初のうちだけだった。真鍮《しんちゅう》のボタンは固くて指が痛くなるし、レバーをひけば飛び出すはずのひきだしはしょっちゅう開かなくなる。

　このレジスターを除けば、食器棚もテーブルも陳列台もレジ台も、店を開いたときからここにあったらしい。当初はすべて売りものだったという。いつ値札がはずされたのかは定かでないけれど、磨きこまれて骨董《こっとう》然とした渋い光を帯び、今や店の一部としてしっくり調和している。ここはまるで時が止まってるみたいやねえ、とときどきお客さんに言われる。ほめられているのだとわかっていても、どきりとする。この店は、そしてわたしも、目に見える大きな変化はないままに、しかし少しずつ確実に古びていく。それが頼りなく心細く感じられるときもあり、逆に安らぎを覚えるときもある。

今日は、満ち足りた気分だった。昨日のパーティーのせいだろう。たまの外出は、身になじんだ居場所のすばらしさを際だたせる。

掃除を終えてから、レジ台の内側に回った。丸椅子に腰を下ろして台にひじをつく。背後には目隠しのついたてを立て、裏の小さな流しと洗面所がお客さんから見えないようにしてある。ここに座ると、店内に加え、おもての様子も窓越しに見渡せる。ガラスを横切る雨の筋や、二条通を時折ゆきかうぼやけた人影を、わたしはしばらく目で追った。開いた傘が色とりどりできれいだ。晴れた日は陽ざしがさしこんで気持ちがいいけれど、今日みたいな天気も捨てたものではない。

一時頃になって、ようやく最初のお客さんがやってきた。どやどやと入ってきた観光客らしき中年女性の一団は、さんざん迷った挙句に、五人全員がおそろいの箸置きを買って、嵐のように帰っていった。

ありがとうございました、と見送ったとたんにどっと疲れが出て、椅子に座りこんでしまった。あの年代の女性グループはどうしてあんなによく喋《しゃべ》るのだろう。皆が競争のように声を発しているにもかかわらず会話が成りたっているのが、いつも不思議だ。

それにしても、少し接客しただけでぐったりするなんて、つくづく客商売に向いていない。痛感し、ついでに、こういうときにいつも考えること——つまりわたしは人間というものが全般に苦手なのではないか——を考えた。そして、これまたいつものように、わずかに落ちこんだ。パーティーにせよ、店番にせよ、他人と向きあうたびに消耗するというのは、ひととしてどうも未熟な気がする。

腰を上げ、乱れてしまった商品の並びを丁寧に直し、嵐の痕跡を消し去った。すべての商品が元通りの位置におさまってから、誰も入ってこないのを見はからって、流しの電気ポットでお茶を淹《い》れた。客足は潮の満干《みちひ》にも似ている。来るときは来るし、来ないときは来ない。切れめには独特の気配があって、あ、今だ、とわかる。日がな店にいるおかげで鍛えられたのか、最近はわりと勘がはずれなくなってきた。

熱いほうじ茶で人心地がついた頃、ちりん、と入口のドアにとりつけた鐘が鳴った。わたしは湯のみをレジスターの陰に押しやって、椅子から立った。

入ってきたのは顔見知りの女性客で、ほっとした。彼女はだいたい月に一度のペースで現れる。かっちりしたパンツスーツと隙のない化粧のせいで年上にも見えるが、おそらく年齢はわたしとそう変わらないだろう。予備校の講師で、市内でいくつかの校舎をかけ持ちしているそうだ。烏丸《からすまお》御池《いけ》校がここから歩ける距離にあり、授業のある日に時間を見つけて寄ってくれている。何度か通ってもらううち、品物を包んだり釣り銭を返したりする合間に世間話をかわすようになった。他人と話すのに慣れているらしい彼女のほうから、気さくに話しかけてくることが多い。

しかし、京都市内の予備校講師、という以上の個人情報はわからない。正確な年齢も、住所も、名前すら知らない。店を一周した末にレジ台へと持ってきた二枚組の小皿を、ひとりで使うのか、誰かと使うのかも。

「この間お買いあげいただいたお碗と、同じ窯《かま》のものですよ」

「そう言われてみると、絵の雰囲気が似てますね。これはなんの花かな」

「先週入った新製品なので、春の花だと思います。桜よりも濃いから、桃かも」

話しながら、薄紙と緩衝材《かんしょうざい》で守られた手のひらほどの包みをふたつ、そっと紙袋に入れた。よけいなことは、聞かない。彼女も言わない。踏みこむのも、踏みこまれるのも、たぶんお互いにためらいがある。

「いいですよね、春って。気持ちがうきうきして」

紙袋を大切そうに両手で受けとり、彼女はにっこりと微笑んだ。

その後は、かわるがわるお客さんが現れた。まず初老の夫婦、それと入れ違いにアタッシェケースをぶらさげたサラリーマンふうの男性客、さらに少し間を置いて、ふたり連れの女子高校生が入ってきた。小鳥のさえずりを思わせる甲高い声で、さっきの観光客と同じように、休むまもなく喋っている。制服は近所にある高校のものだった。前にも見たような気もするし、はじめてのような気もする。この年頃の少女は見分けがつきにくい。もっとも向こうは向こうで、三十を超えた女は皆区別がつかないだろう。わたしも先ほどの予備校講師も五人組の観光客も、おばさんという呼称でひとくくりに扱われてしまうに違いない。

女子高生たちは、ふっくらした指先で木のスプーンやフォークをもてあそんだり、はらはらするほど無造作な手つきでガラス鉢を持ちあげたりしてから、なにも買わずに出ていった。店が再び静かになった。

わたしはレジ台の下に置いてあったかばんを探って、昨日パーティー会場の出口でお土産として渡された、販促用のカタログ冊子を取り出した。ぱらぱらとめくってみる。着物やカーテン、ベッドカバーといった大物から、うちの店にも置けそうな雑貨の類まで、草木染めの布製品は多種多様だった。気になったページの端を、三角に折っていく。ふきん、ランチョンマット、のれん、テーブルクロス、どれもとにかく色がいい。カタログだと写真で割増されていることもあるのでゆだんはできないが、ためしになにか注文してみてもいいかもしれない。

最後のページには、四角く切りとられた関係者の顔写真が縦に一列並んでいた。パーティーの主催者である布メーカーの社長、掲載商品を担当したデザイナーが数人、それぞれに簡単な略歴が添えられている。いくつかの写真のうち、中ほどのひとつにだけ見覚えがあった。横の文章を読みかけたところで、まるでなにかの合図のように、入口の鐘が鳴った。わたしは反射的にカタログをふせて、いらっしゃいませ、と声を張りあげた。

颯爽《さっそう》と入ってきたブライアンは、のしのしとこちらまで歩いてきた。

「そんなにがっかりしないで」

営業用の笑顔をひっこめて椅子に座り直したわたしを見下ろし、気の毒そうに言う。雨などものともせず、いつもどおりにぱりっとしたスーツ姿できめている。さすが欧米人、大柄な体軀《たいく》に洋服が映える、とはじめは感心したものだけれど、最近では慣れてしまってなんとも思わない。レジ台越しに、雨と香水のまじったにおいがほのかに漂ってきた。

「でも、僕もお客様なのに」

ブライアンが思いついたように眉を寄せてみせた。しかつめらしい表情を作っても、なかなか愛くるしい顔だちをしている。くるんとカールした長いまつげがつぶらな瞳を強調し、白い肌に頰と唇だけが紅をさしたように赤い。西洋の宗教画に登場する、天使に似ている。店に居あわせた女性客がぽうっと頰を染めてブライアンを目で追っているのも、たまに目撃する。

「まあ、そうですけど」

月に一度はなにかしら買ってくれるから、うちの店にとってはお得意様といえなくもない。ただ、ほぼ毎日やってくるというのを考えれば、打率は高くない。

「失敬千万。親しき仲にも礼儀あり、お客様は神様です、でしょう？」

ブライアンは得意の日本語を駆使して言いたてる。責めたいわけではなく、単純に語学力をひけらかしたいのだろう。豊富な語彙《ごい》を、一体どこで身につけるのかは謎だ。大学ではアメリカの近現代文学を教えているはずだが、日本文学が専門と言われても納得できる。

「まあまあ」

口を挟んだところで、いいものを思い出した。昨日はさっきのカタログと一緒に、もうひとつ別のお土産ももらった。

「こういうの、好きでしょう」

小さな布製のコースターを、わたしはブライアンに差し出した。麻だろうか、張りのある涼しげな生地は、日本通の外国人にいかにも受けそうな和の風合を醸し出している。そういえば会場でも外国人をちらほら見かけた。京都には意外に外国人が多い。うちの店で扱っている和食器や漆塗りの盆といったいわゆる日本の伝統工芸品も、彼らに人気がある。観光客がふらりと入ってくるときもあるし、贔屓《ひいき》にしてくれている固定客もいる。ブライアンは、いわばその筆頭だ。

「ワーオ、ジャパニーズビューティー」

案の定、ブライアンはすぐに機嫌を直し、コースターを表にしたり裏にしたり、熱心に眺め出した。表と裏で色柄が違う。片方は紺に深緑の水玉模様、もう一方は柿色の地に白と黄色の格子が入っていて、赤いリボンのような布で細く縁どりがしてある。

「ドットは、水玉でしょ。チェックは？」

ブライアンがたずねた。大きな手のひらの中で、コースターはやけに小さく見える。

「格子柄」

コウシガラ、とブライアンは復唱した。着物の生地を思わせる和風の布は、ドットとチェックよりも水玉柄と格子柄と呼ぶほうが断然しっくりくる。

「よかったら、あげます」

「え、ほんと？　ありがとうございます」

ブライアンはぱっと笑顔になって、深々と頭を下げた。そのへんの日本人よりもよほど丁寧なお辞儀だ。

「パーティーは楽しかった？　こんないいお土産がもらえるなら、僕も行きたかった」

パーティー、の発音だけがネイティヴのそれだった。パーリィ、と聞こえる。片や、日本語の部分には訛《なま》りがない。ブライアンはそのへんの京都人よりもよほど流暢《りゅうちょう》な標準語を話す。

「全然。途中で抜けて帰ってきちゃった」

わたしは肩をすくめた。

「出会いもなし？」

「なし、なし」

「それは残念」

ブライアンがにこにこして言った。まったく残念そうに見えない。

「あ、でも」

わたしは口ごもった。ブライアンが敏感に反応する。

「でも？」

「変なひとがいて」

「変なひとって？　男？　女？」

「男だけど」

ブライアンの表情がたちまち曇った。

「ナンパ？」

「違う、違う」

ナンパって、どこで覚えてきたんだろう。

「そういうのじゃなくて、

「ちょっと喋っただけ。

「名前くらいしか聞いてないし」

「おぅ……」

ブライアンが悲しげにうめいた。また英語ふうのアクセントがついている。

「やっぱり僕も行くべきだった。ユカちゃんに悪い虫がついたら大変だ」

額に手を当てて頭を振っている。恋人どうしでもないくせにおかしな言い分だけれど、返す言葉がとっさに出てこなかった。金髪碧眼《へきがん》のアメリカ人に「悪い虫」などと古風な言い回しを使われても困る。

ブライアンと知りあってから、わたしのアメリカ人に対する印象は大幅に変わった。端正な日本語、古美術と和菓子をこよなく愛するという趣味嗜好、それから性格のこともある。ブライアンはとてもシャイなのだ。人見知りも激しい。ハリウッド映画にわんさか出てくる、ジョークを連発して大笑いする陽気な人種という先入観は一掃された。

「危なかった。ユカちゃん、これからは、パーティーに行くときは僕がエスコートするからね」

こんな軽口をたたける余裕が出てきたのも、つきあいがかなり長くなってからで、初対面のときにはまともに目さえ合わせてくれなかった。ユカちゃんがかわいすぎて正視できなかったんだよ、と本人は弁解してみせるが、あやしいものだ。

つきあってほしいと言われたときは、びっくりした。わたしが断ると、ブライアンは悲しげに目をふせ、残念、とだけ言った。いかにも傷ついたふうだった。当然、このまま店に来てもらえなくなるのだろうと思った。それはわたしにとってもまた、残念なことだった。ブライアンと話すのは楽しかったし、くつろいで接客できる、数少ないお客さんのひとりだったから。

ところがブライアンは、翌週には何事もなかったかのようにやってきた。もちろん最初はお互いに少しぎくしゃくしたけれど、しばらくすれば元通りに話せるようになった。でも、唐突な告白をわたしがすっかり忘れかけた頃になって、

「あの、こないだの話」

とブライアンは再び切り出したのだった。

わたしは首を横に振り、ブライアンは深いため息をついた。しかし、次の週になればまた店に現れた。

「やっぱりだめ？」

何回それが繰り返されただろう。断っても断っても、ブライアンはへこたれない。そのと

きはしゅんとしているものの、すぐに立ち直る。最近では、なんだか儀式みたいだね、などと言っている。だからこっちも、あまり気にしないで放っておくことに決めた。ふたりともおとななのだし、いちいち騒ぎたてないのが礼儀というものだろう。

別に思わせぶりな態度をとっているわけではない。おかしなかけひきもない。儀式というよりスポーツの試合のような、からりと明るいやりとりである。少なくともわたしにはそう思える。ブライアンの気持ちがいいかげんなものではないと、わかってはいる。ときどき申し訳なく感じたり、逆に面倒な気がしたりもする。それでもおおむね波風は立たず、奇妙に安定した状況が続いている。

物静かで紳士然としたブライアンにこんな情熱的な一面があるなんて、想像してもみなかった。それ以前に、わたしたちがこれほど親しくなるということも。常々アメリカ人らしくないと思っていたが、ほしいものをほしいと告げる、この単純明快な行動力や、自分を曲げない粘り強さは、肉食系というのか、欧米の血も関係しているのかもしれない。

とはいえ実際に、ブライアンは紳士には違いない。博識で温和で、身だしなみに気を抜かない。つきあってほしいと言うときも、ぎらぎらした欲望や下心や、わたしの隙をつこうという悪巧みや、そういうどす黒い気配はまるでない。だからこそ、この不思議な関係も成りたっているのかもしれない。古伊万里が好き、糺《ただす》の森が好き、五山の送り火が好き、と口にするときと同じ調子で、「ユカちゃんが好きなんだよ」とブライアンは言う。澄んだまなざしで、わたしをまっすぐに見つめる。

ブライアンは、ひとを食ったようなにやにや笑いは浮かべない。相手を品定めするように目をすがめたりもしない。

「で、どんな男？」

頭の中を読まれたようで、一瞬どきりとした。ブライアンは腕を組んでわたしを見下ろしている。

「よくわかんない。少し立ち話をしただけだから」

「でも自己紹介したんでしょう？」

「ううん、わたしはなにも。そのひとはパーティーの関係者で、壇上で挨拶してたからたまたま名前がわかっただけ」

読みかけのままでふせてあったカタログをひっくり返そうとして、途中で手が止まった。よけいな刺激を与えないほうが無難だ。

「なんですか、それ？」

ブライアンが目ざとく気づき、ひょいと冊子を奪いとった。いくつか並んでいる小さな写真の中から迷わず正しい一枚を指さして、コースターと見比べる。

「作ったっていうか、布を染めただけじゃないかな。デザインや縫製は別みたい」

染色家という肩書きは理解できなかったらしい。喋るのは達者でも、漢字を読むのはやはり難しいのだろう。

「ふうん。有名なひと？」

「さあ。わたしははじめて聞いたけど」

湊光山《みなとこうざん》、五十歳。染色工芸家。辻猿工房を主宰し、草木染めの作品を制作する傍らで、日本各地で精力的に展覧会を開催している。海外にも草木染めアートの魅力と可能性を広めるべく、ヨーロッパやアジアなどでワークショップも準備中。

「なるほど、アーティストか」

アールの発音が美しい。ブライアンは再びカタログを取りあげて、目に近づけたり遠ざけたりした。

「印象的な顔だもんな。エキゾティックっていうか、ミステリアスっていうか」

印象は、写真より本物のほうがはるかに強かった。けれど、そう口にするかわりに、わたしは浅くうなずいた。

「なんだか目を離せなくなる。どうしてだろう」

つぶやいてから、言葉とはうらはらに、ブライアンは写真から目を上げた。今度はわたしの顔をまじまじと見る。

「実物は、あんまり感じよくなかったけど」

なんだか言い訳めいた口調になった。ブライアンが少し眉を上げてみせた。

「珍しいな。ユカちゃんが誰かをそういうふうに言うなんて」

わたしは言葉に詰まった。ここの商品を店で扱いはじめたら、ブライアンはなんと言うだろう。

前に一度、芸大だったか造形大だったか、美術系の学校に通う男子学生が、自作の皿を何枚か店に持ちこんできたことがある。だぼだぼのジーンズを下着が見えそうなくらいにずり下げてはき、ごついシルバーの指輪をつけ、ぼそぼそとだるそうに喋る本人の外見は、仕事の相手として好印象とはいえなかったが、幸い作品のほうはまともだった。細工はけっこう粗削りだったけれど、逆に勢いがあった。買いとってくれというわけではなく、置くだけ置いてほしいという話だったので、別にかまわないかとも考えかけた。

とりあえず即答を避けたのは、たまたまそのとき店に居あわせたブライアンが、わたしたちのやりとりを聞きながらあからさまに眉をひそめていたからだ。

「じゃあ、また来るんで」

学生が無愛想に言って店を出ていくなり、あれはだめだとブライアンは強硬に反対した。

「だって動機が不純だから。彼はユカちゃんに気がある」

「そんなわけないでしょう」

わたしはふき出した。

「あの子、まだ二十歳かそこらじゃない？　あの服、見たでしょう？」

「日本の青少年たちはなんであああいう格好をするのかな。だらしないし、足が短く見えるのに」

ブライアンはレジ台に寄りかかり、長い足をわざとらしく組んでみせた。

「あれでユカちゃんに言い寄るなんて、とんだ身の程知らずだ」

また話が飛躍した。

「言い寄られてないってば。作品を置いてほしいって頼まれただけで」

「ユカちゃんは鈍感すぎる。あいつ、照れすぎてろくに話せてなかったじゃないか。子どものくせして一人前にはにかんで、生意気だ」

「今どきの若い子は、みんなああいう喋りかたなの。下手したらわたし、あの子のお母さんのほうに年齢が近いかもしれないよ」

そんないきさつがあったので、再び彼がやってきて、あの、どっかでめしでもどうすか、と切り出したときには、誘われた事実よりもブライアンの洞察力に驚いた。

「若い男はおとなの女性に魅力を感じるものなんだよ。僕の年齢になると、同年代かちょっと下がよくなるけど。ともかくユカちゃんは世間知らずだから、気をつけないと」

もっともらしく説教されてしまった。確かにブライアンはものしりだ。そしてたぶんそのせいで、心配性だ。世間を知れば知るほどに、心配の種は増えていく。

けれど一方で、ブライアンの心配はたいがい的はずれなのだ。

わたしはあの風変わりな染色家に関心はない。仮に、万が一、関心を持ったとしても、なにが変わるわけでもない。

「じゃあこれ、遠慮なくいただきます」

ブライアンがジャケットの胸ポケットにコースターをすべりこませた。上質そうなチャコールグレイのツイード生地を、上からぽんぽんとたたいてみせる。

話しているうちに背後の窓から陽がさしてきた。どちらからともなく、わたしたちは振り向いた。雨がやんだのかと思いきや、ゆきかうひとたちは傘をさしている。きつね、きつねの、ともどかしげに言いあぐねているブライアンに、

「きつねの嫁入り」

とわたしは教えてあげた。陽ざしを吸いこんだ細かい霧雨が、きらきらと輝きながら小路

を満たしている。

麩屋町

注文した草木染めの手ぬぐいは、四月の末に届いた。

「九千六百六十円です」

わたしはレジの中から一万円札を取り出した。ふだんは代金を受けとるほうなので、こちらから渡すというのはなんとなく勝手が違い、代金引換で商品が送られてきたときはいつも支払いにもたついてしまう。顔なじみの宅配便の配達員はわたしの要領の悪さを知っていて、いらだつそぶりもなく、のんびりと待っていてくれる。そして、差し出された紙幣から瞬時におつりを計算し、ポケットから正確な数の小銭を出してみせる。

「ええと、おつりは……四百と……」

こうやって指を折って考えこむようなことは、もし彼だったらありえない。わたしは見かねて口を挟んだ。

「三百四十円です」

「ああ、そうか」

レジ台の上に、百円玉と十円玉、合わせて七枚の硬貨が並んだ。一緒に置かれた受取証にサインしていると、頭の上から声が降ってきた。

「なんて読むんですか？」

この質問には慣れている。

「ゆかり、です」

顔を上げずに応じた。紫と書いて、ゆかり。確かに読みにくい。子どものときは、同級生の男子に、おい、むらさき、とからかわれた。

「なるほど。きれいな名前ですねえ」

お世辞めいた相槌《あいづち》には答えず、受取証を返した。紫をゆかりと読むことも、いつもの配達員はちゃんと承知している。

「いやあ、雰囲気があるなあ」

きょろきょろともの珍しげに店内を見回すなどということも、しない。おつりをよこすやいなや、おおきに、と威勢よく挨拶して踵《きびす》を返し、てきぱきと帰っていくはずだ。仕事中に無駄口はたたかない。

「このたびは、お買いあげどうもありがとうございました」

湊光山はにこやかに言って、受取証を着物の袂《たもと》に差し入れた。

「送料は無料にしておきましたから」

それはそうだろう。宅配便ならともかく、自分で商品を持ってきておいて送料を請求するなんて聞いたこともない。その前に、自分で持ってくるというところからして常識からはずれている。高価な一点ものの陶磁器ならともかく、一枚九百円ちょっとの手ぬぐいだ。注文したお客にわざわざ手渡しに出向く類の品物ではない気がする。

「サービスです」

光山が楽しそうに言った。内心を見透かされたようでぎょっとしていたら、

「冗談です」

と、にやにやしてたたみかけられた。こちらの考えを先回りしてからかっているつもりだろうか。趣味が悪い。わたしが黙りこむと、光山は急に真顔になった。

「でも、会いたかったので」

「は？」

間の抜けた声が出てしまった。

「この間はあんまりゆっくり話もできなかったし」

「はあ」

「だけど、よかった」

光山が笑顔に戻って続ける。

「覚えてもらえて。忘れられてたらどうしようかって、実は心配してたんですよ」

わたしはまた口をつぐんだ。手持ちぶさたになって、もらった小銭をレジスターの中にしまう。ちん、と調子はずれなベルの音が響いた。

忘れていたふりができれば、よかったのかもしれない。それが無理でも、せめて、冷静に応対できれば。

間の悪いことに、光山がダンボール箱を小脇に抱えて店に入ってきたとき、わたしは例のカタログを眺めていたのだった。手もとのページと本人とを見比べて、思いきりぽかんとしてしまった。レジ台まで近寄ってきた光山は、カタログに目をとめて破顔した。

「品物、ご覧になります？」

光山が箱に手をかけて聞いた。

「いいえ、いいです。手の空いたときにゆっくり見るので」

お客さんがひとりもいない店内で、わたしの言い訳はいかにも空々しく聞こえた。もっとも、ちょっと露骨すぎると知りつつ、あえて言ったのだった。このひととふたりきりでいるのは落ち着かない。

「ちょうどいい。今なら、ゆっくり見てもらえる」

光山はなに食わぬ顔で応じた。レジ台の上に置いてあるペン立てから勝手にカッターを取り、箱を封じているテープに刃をすべらせる。最初にてっぺん、ついで左右に切れ目を入れると、ふたがぱっくりと開いた。

「うまいもんでしょう」

光山が得意そうにこちらを見た。わたしはあわてて目をそらした。むだのない、優雅といってもいい手つきに、見入ってしまっていた。

「力を入れたらだめなんだ、こういうのは」

光山が箱のふたをがばりと大きく開ける。

「いや、なんだってそうだな。要は、やりかただ。力任せにこじあけるばっかりが能じゃない」

いちいち含みのある物言いは、くせなんだろうか。けれどそれよりも、わたしは光山の手もとに気をとられていた。長方形の薄い布地を両手で広げ、光山がまたもや得意そうに言った。

「いい色でしょう」

今度は、目をそらせなかった。

絶妙な色あいだった。緑でもない、青でもない。ただの手ぬぐいなのに、深い森や静かな沼や、そういった大きなものをなぜか連想させる。その地色の上に、いびつな水玉模様が不規則に散っていた。ゆがんだ白い楕円が、花びらのようにも、涙のようにも見える。

「使うのがもったいないって、ときどき言われるんですけど」

光山が布をひらひらと振った。水玉模様が揺れる。いつかブライアンに教わった、野の草に宿った露が風に吹かれて散る様を詠んだ短歌を、唐突に思い出した。

「でも、それはかわいそうだ。だって手ぬぐいなんだから。使ってもらわないと意味がない」

思わず、うなずいた。

もったいないというせりふは、うちの店でもたまに聞く。ありがとうございますと返すしかないが、心の中ではしっくりこない。食器というのは基本的に、食べものを盛るためのものだ。飾って鑑賞したり、大事にしまいこんでおいたりするのは、本来の用途じゃない気がする。そっちのほうがもったいない。よっぽどの高級品や貴重な骨董ならともかく、少なくともここで扱っているような器は、実用品だ。使ってこそ、価値がある。

はじめて意見が合った。意外にまともな部分もあるのかもしれない、と考えたのが伝わったわけでもないだろうけれど、光山は布を揺らすのをやめておもむろにわたしを見た。

「でも、どうせなら」

　うっとりと続ける。

「美人に使われたいよなあ。擦りきれるまで。あちこち破れて役に立たなくなったら、ぽいと捨ててくれたらいい。それこそ本望だ」

　やっぱり、まともじゃないらしい。わたしは姿勢を正し、いとまごいをうながすつもりで頭を下げた。

「ありがとうございました」

「いやいや、おやすい御用です。いつでもどうぞ」

　光山が手ぬぐいを手早くたたんで箱にしまい、ふたを閉めた。じゃあこのへんで、と切り出すかと思いきや、

「このお店はひとりで？」

　とたずねる。しかたないので、うなずいた。

「ええ」

「内装も品物も、渋くていいですね。お若いのに、たいしたもんだ」

　わたしは作り笑いで応じた。若いと言われるのはひさしぶりだが、まったくうれしくない。若くなんかないですよ、と明るく切り返すには、そもそも若い必要がある。矛盾している。

「でもここは確か」

光山が言いかけたのをさえぎって、答えた。

「五年前に譲り受けたんです」

さらに質問が続くかと思ったのに、光山はそれ以上聞かなかった。なるほど、とつぶやいたきり、なんだか遠い目をしている。昔のことでも思い返しているのだろうか。

ここは祖父の店だった。順番からいえば、孫のわたしではなく、ひとり娘だったわたしの母が継ぐはずのところだ。もし母が京都から出ていかなかったとしたら、きっとそういう話になっていただろう。そそっかしい性格なので食器屋が務まるかは疑わしいけれど、わたしも手伝えばいい。もしも母が、店をやりたいと望んだなら。

「五年前、ですか」

光山が繰り返した。話の途中でぼんやりしてしまっていたのに気がついて、わたしは少しあせって言葉を継いだ。

「はい。五年前の、春に」

もし、もし、と仮定を重ねていくことのばかばかしさに、今さら思い至る。もし母がこの店を継ぐつもりだったら、そもそも京都を出ていかなかっただろう。そして、母が東京へ行かなかったとすれば、父とは出会っていない。つまり、わたしは今ここに存在しない。店を手伝うもなにもない。

「それなら」

言いさした光山は、そのまま口を閉じた。わたしの視線が自分を通り越して背後に注がれていることに気がついたらしく、ぐるりと上体をひねって窓のほうを振り向いた。

ガラスの向こうから、ブライアンがじっとりと恨みがましい目つきでわたしたちをにらんでいた。


好物のみたらしだんごをほおばっても、ブライアンの機嫌はなかなか直らなかった。

「まったく、ゆだんも隙もない」

もぐもぐと口を動かしつつ、ふくれている。

「だから、そういうのじゃないって言ってるでしょう」

「でも楽しそうだった」

「別に、たいした話もしてないし」

「でも楽しそうだった」

「注文した商品を運んできただけだから」

「でも楽しそうだった」

しつこい。

「ああ、僕はユカちゃんに捨てられちゃうのか」

「ブライアン、日本語が間違ってるよ」

捨てる前に、まだ拾ってない。わたしの抗議を無視して、ブライアンはおおげさにため息をつく。

「意外だな。ユカちゃん、ああいうタイプもオッケーなんだね」

も、にアクセントがついていた。日本語の助詞は使いにくいとブライアンは常々ぼやいている。「は」と「が」を使い分けるのは高等技術だ、と。そのくせ、こういうときはちゃんと使いこなせるのだ。

わたしが前につきあっていた恋人を、ブライアンは知っている。もともと、彼から紹介されて、わたしとブライアンは出会ったのだった。彼らは大学の同僚だ。いや、元同僚だった。社会心理学の講師として勤めていた彼が、東京で准教授の職を得たのをきっかけにプロポーズされた。わたしはそれを受け入れることができなかった。結婚とか、まだ考えられない。慎重に答えると、やっぱり、と彼はひっそりと笑った。

「紫はそういうタイプやないもんな」

タイプとかジャンルとかいう言葉を、多用するひとだった。物事を常に系統だてて分類し、合理的に白黒をつけたがるのは、学者ならではの特徴なのだとわたしは勝手に理解していた。そういうわけでもないと知ったのは、ブライアンと親しくなってからだ。文学と心理学の違いもあるだろうが。

　とはいえ、恋人の性質を、わたしはおおむね好もしく思っていた。やや皮肉っぽくなりがちなきらいはあるものの、なにを考えているかはっきりしていて、そうでない人間よりも断然つきあいやすい。頭の回転も速く、彼の意見に従えばたいがいのことがうまくいった。このひとと結婚するかもしれないと考えたことも、ないわけじゃなかった。

　それなのに、いざプロポーズされてみたら、喜びよりも困惑のほうが強かった。どうしてだめなのかと彼に聞かれても、うまく説明できなかった。

「へんこよな、紫は。へんこっていうより、がんこか」

　しんみりと言われ、びっくりした。

「がんこ？」

　一緒にいるとき、わたしはほとんど自己主張というものをした覚えがなかった。かといって、無理をして自分をおさえていたというのでもない。その必要性すら、感じていなかった。

「がんこやって。おれは前からそう思てたよ」

　彼はぴしゃりと反論した。

「まっこうから反対はしないだけで、心の奥では納得なんかしてへんやん。面倒やから、なんも言わんだけやろ」

わたしは口を開きかけ、また閉じた。なにを言ってもわかりあえないような気がした。

「な？」

彼が肩をすくめた。

「そういうの、周りはけっこう傷つくんよ」

それから堰《せき》を切ったように、話し出した。これまでの例をいろいろと並べたて、わたしの性格を分析してみせた。いわく、わたしは必ず周囲と距離を置く。頑《かたく》なに心を開こうとしない。干渉や束縛を極度におそれている。自分は気を遣ってそれに合わせてきたけれども、もうそろそろ限界なのだ、と彼は言った。

わたしはうんざりした。彼にも、自分にも、そして、こういう厄介ごとを引き起こす恋愛というものにも。楽しいときもあるとはいえ、結局はこんなおまけがくっついてくる。ややこしいもめごとに巻きこまれて消耗させられるくらいなら、最初からひとりで楽しくやっていくほうがいい。

他人と一線をひいている、とわざわざ指摘されるまでもなかった。もとから、ひとりでいるのは得意なのだ。

「ユカちゃん？　聞いてる？」

いつのまにか、ブライアンの声が耳を素通りしていた。

「みたらし、もっと食べない？」

みたらしだんごはブライアンの好物だ。宇治キャンパスのすぐ近くに有名な和菓子屋があるそうで、そちらで講義がある日にはよく買ってきてくれる。

「あともう一本残ってるよ」

「いくつ買ってきてくれたの？」

「四本。二本ずつと思ってたのに」

ブライアンがいまいましげに舌打ちした。

「あつかましいよ、あいつ」

ブライアンが入ってきても、光山はまったく動じなかった。動じないどころか、ブライアンがさげている店名入りのビニール袋を見て目を輝かせた。ああ、ここのみたらしだんごは絶品ですよね。そういえば、ここ最近は食ってないなあ。

さすがに営業中に堂々とおやつを食べるわけにもいかないと思ったが、気づけば五時半の閉店時間を過ぎていた。レジ台の上で開けたパックから、光山だけがさっさと一本を取った。ブライアンとわたしの注目を浴びつつぺろりとたいらげ、会えてよかった、また来ます、と言い残して悠々と帰っていった。

来なくていい。と口に出してつぶやいたのはブライアンだったけれど、わたしも内心では同じことを考えていた。

「あいつ絶対また来るよ。気をつけてよ、ユカちゃん」

まだぶつぶつ言っているブライアンのほうに、わたしは最後のひと串をパックごと押しやった。

「せっかくだから、ブライアンが食べてよ。お茶も淹れてこようか？」

ブライアンは物憂げに首を振って、

「いや、飲みにいこう。口直しに」

と言った。


カフェ・ふやまちは、その名のとおり麩屋町通《ふやちようどおり》の、三条から少し下ったあたりにある。居酒屋のような定食屋のような、気どらない店だ。

道に小さな看板は出ているが、店そのものは通りに面していない。京都に独特の、おとながひとりやっと通れるくらいの細い路地を抜けて、入口に着く。わたしは普通にまっすぐ歩けるけれど、体格のいいブライアンは蟹《かに》歩きの要領でじりじりと進んでいく。玄関口は一見すると普通の民家と変わらない。ブライアンがたてつけの悪い引き戸を開け、わたしを先に通してくれた。

　ビーズののれんをくぐって、中に入る。こののれんは確かインドネシア製だ。町家を改装した店内には、ここのオーナーが世界各国から持ち帰った家具や雑貨がひしめいている。入ってすぐ左手の、細長い店を手前から奥へと貫くカウンターの表面には、ポルトガルのカラフルなタイルがモザイクふうにあしらわれている。天井からぶらさがったみかん色のガラスのランプはチェコ製、カウンターの隅に置かれた巨大なタジン鍋と日替わりメニューの書かれた黒板はどちらもモロッコ製、その隣に立つ、わたしの腕の長さほどもある胡椒《こしょう》のミルは、マレーシアのものだと聞いた。オーナーは店がひまなとき、それぞれの品物にまつわる思い出話を披露してくれる。

　元バックパッカーのオーナーは、定住する家を持たずに二十代を過ごしたという。それから二十年が経ち、五十に手が届きかけている今でも、定期的かつ長々と店を休んで旅に出ている。自慢のコレクションは増え続け、もともとカウンター十席しかない店がますます狭くなっていく。

「こんばんは」

　奥の厨房からオーナーが顔を出し、わたしたちに向かって気さくに声をかけた。長髪をポニーテイルにしてその上から白いタオルを巻き、黒いエプロンをつけている。これが彼の制服なのだ。営業を終えて常連たちと一杯やるときにだけ、エプロンをはずし、髪も下ろす。いつ見ても長さはだいたい同じで、ちょうど今のわたしくらい、肩につくあたりまで伸ばしている。

「こんばんは」

「おひさしぶりです」

わたしたちも挨拶を返し、カウンターに沿って狭い通路を抜けた。いつもの定位置、入口から一番遠い右端の席は、すぐ横のガラス戸越しにこぢんまりとした坪庭が見える。オーナーがカウンター越しにコースターを並べながら、わたしに聞いた。

「紫ちゃん、パーティーはどないやった？　楽しかった？」

光山が壇上で話している隙に、逃げるように会場を後にしたので、オーナーには挨拶しそびれていた。どう答えようかと考えていたら、わたしのかわりにブライアンが口を挟んだ。

「僕も行きたかったのに」

「だってあれ、業者向けやし。ブライアンは素人さんやん」

「ひどい、差別だ」

むくれているブライアンの横で、わたしはなんとも言えずにうつむいた。わたしだって、店で多少は扱っているとはいえ、染めものに関しては素人に毛の生えたような知識しかない。

オーナーは、ときどきこういうことをする。こういうこと、というのはつまり、わたしが外出する用事をわざわざ作ってくれようとする。「まだ若いのに、ひとりぼっちで家にこもっとったらあかん」というのだ。パーティーや展示会、自営業どうしの寄りあいめいた集まりに呼び出されるときもある。たいていは適当な理由をつけて断るが、たまにかわしきれなくなって顔だけ出す。この間の染めものの発表会もそうだった。

「この箸置き、はじめてですね」

ごまかすつもりでもなかったけれど、思いついたことをそのまま口にした。カウンターにあらかじめ並べてあった石の箸置きは、手描きふうの赤っぽい花模様がアジア調だった。中国からきたのだろうか。あるいは、最近オーナーが凝っているタイのものかもしれない。

「ああそれ、チェンマイのやつ。ちょっと中国っぽいけどな。ちなみに、お箸は日本やで」

「知ってます」

わたしとブライアンは同時に答えた。据えられている竹の箸は、日本製で間違いない。わたしの店から卸しているのだ。同じく竹でできたつまようじの容れものと醬油さしにも見覚えがあった。

それから、箸の下に敷いてあるランチョンマットも、日本のものだ。こちらにも、見覚えがある。

「これって」

わたしがマットを手でなでてみせると、オーナーはうなずいた。

「うん。ええよな、この色。なかなかないよな」

深い群青色は、記憶に残っていた。完全に日が暮れる直前の、空の色だ。

「紫ちゃんとこも、買わはったん？」

「はい。手ぬぐいを」

「え、なになに？」

ブライアンが眉を寄せ、わたしたちを見比べた。

「ビール下さい」

時間かせぎに過ぎないとは知りつつも、言ってみた。オーナーが機敏なしぐさで背後の食器棚のほうへ向き直る。

「で、手ぬぐいって？」

ブライアンはビールで喉を湿らせるなり、またすぐに話を戻した。

「最近有名になってきた、染めものの先生がいはるんよ。そうそう、こないだのパーティーにも来てはったわ」

ブライアンの表情がみるみる曇っていく。

「聞いたことないかな。湊光山先生」

オーナーが言ったとたんに、ブライアンは眉間の皺を一段と深くした。

「ああ、あいつですか」

「なんや、知りあいなん？」

「知りあいたくなかったですけど」

ブライアンが仏頂面で答える。わたしは沈黙を守った。

「なんやそら。なかなかのおひとなんやで。海外でもえらい人気らしいし」

「そのわりにはひまそうでしたけどね」

「ひまってことないやろ、さすがに」

「だけど今日、ユカちゃんの店までわざわざ押しかけてきたんですよ。のんきにみたらしまで食って」

「店に？　紫ちゃんの？」

つきだしの準備をしていたオーナーの、包丁を操る手が止まった。

「それは、それは。紫ちゃんのこと、よっぽど気に入らはったんやなあ」

にやにやして言う。わたしはようやく割って入った。

「まさか」

「いや、そういうひとなんやって。いろいろ伝説もあるしな」

オーナーは思わせぶりに声を落とし、ひそひそと続けた。

「せやけど紫ちゃん、気ぃつけなあかんよ。あの先生、相当なひとたらしやで」

「ヒトタラシ？」

顔をこわばらせて聞き入っていたブライアンが、首をかしげた。

「なんですか、それ？」

「お、ブライアンにも知らん日本語があるんや」

オーナーが身を乗り出した。なぜかちょっとうれしそうだ。

「女たらしは、わかるやんな？」

「はい。ぞんじあげてます」

「あれは女が相手やから、女たらしって言うんよ。ひとたらしはな、もっと広いねん。ひと、いうたら人間のことでっしゃろ？　男でも女でも、みんなまとめて面倒見ますえ、って感じやねえ」

「なるほど、なるほど」

感心したようにうなずいていたブライアンは、次の瞬間、カウンターにばんと手のひらをついて立ちあがった。

「それ、まずいじゃないですか！」

倒れそうになったスツールを、わたしが横から支えた。

「まずいですよ！　ユカちゃんが危ない！」

「まあ、それはあんたしだいやないの。こういうときこそ、男の真価が問われますわな」

オーナーがけしかける。明らかに、この展開をおもしろがっている。年齢のわりにこういう話題が好きなのだ。

「どうしよう。また店に来るって言ってたんですよ。しかも、自分のところにも遊びにおいでって誘ってたし」

ブライアンは悲愴な顔つきでオーナーに訴えて、残っていたビールを一気に飲み干した。空になったグラスに、オーナーがすばやくおかわりを注いだ。

「先生が、工房に？　ほおお」

興味津々で合いの手を入れている。オーナーといい光山といい、五十がらみでこう若々しいのは、どうなんだろう。

いや、今ここで光山は関係ない。わたしはあわてて釘を刺した。

「ちゃんと断りましたから」

今度はうちの工房にも来て下さい、と光山は言ったのだった。他にもいろんな商品がありますよ。実際に染めている様子も見られますし、ぜひ。

「いや、断ってなかった。機会があれば、って言ってたよ」

「もしも機会があれば、でしょう。あれは日本語だと、断るっていう意味なの。知ってるでしょ？」

「そんなの知らないよ。嘘だ」

「ほんとだって」

「いやあ、日本語って奥が深いわあ」

オーナーはのんきに笑っている。

「まあでも、確かに危険やな。機会は待つんやのうて、作るもんやからね」

「オーナーまで適当なこと言わないで下さいよ。あれはただの営業ですって」

言い逃れではなく、正直な感想だった。光山の誘いかたはいかにも手馴れていた。誰にでもああして持ちかけているに違いない。光山の商品は、写真よりも現物のほうがはるかにいい。手頃な価格帯の通信販売で興味を持ってくれたお客に対して直接アプローチをかけるのは、なかなかかしこいやりかただ。工房に足を運んで実際の工程を目のあたりにしたら、誰だってもっと本格的なものがほしくなる。

「ブライアン、ピンチやな」

オーナーはわたしの反論にはとりあわず、ますます盛りあがっている。

「せやけど、ピンチはチャンスやからな。がんばって紫ちゃんを守ったげたらよろし」

「わかりました。精進します」

ブライアンが神妙にうなずいた。なんだかばかばかしくなってきて、わたしは黒板に書かれたメニューに視線を移した。そら豆は、はずせない。でも後で豆ごはんも食べたい。鮎《あゆ》の塩焼き、わらびとぜんまいの煮びたし、それから蛤とゆばの酒蒸しも気になる。

「加茂なすの田楽に、生麩と九条ねぎのソテー。それから、蕪《かぶ》とおあげの煮《た》いたんも」

ブライアンはメニューを見ようともせず、定番の品を次々に注文しはじめた。まだすねているのか、わたしの希望を聞いてもくれない。

「そら豆」

わたしがつけ加えると、オーナーのリズミカルな包丁の音が再開した。


家に帰ったら、ちょうど電話が鳴っていた。

わたしは携帯電話を持っていない。何年か前、こわれたときに買い直しそびれて、それっきりになっている。そのかわり店と家に固定電話をひいている。店に出ているときには家にかかってきた電話を店へ、営業時間外は店の電話を家へ、それぞれ転送するように設定してある。

当時つきあっていた恋人には、不便だから携帯電話を持ってほしいと再三言われた。不便じゃないよと断ったら、憤慨《ふんがい》された。でも、わたしは不便じゃなかった。彼と別れてから、特に家の電話が鳴る頻度はめっきり減った。こんな夜遅くにかけてくるとなると、思いあたる相手はひとりしかいない。

切れてくれないかと期待しつつ、のろのろと靴を脱いでいる間も、けたたましいベルの音はやまなかった。短い廊下を抜けて黒電話の置いてある寝室にまでたどり着いても、まだしぶとく鳴っている。わたしは観念して受話器を取りあげた。

「紫、おはよう」

母が明るく言った。

「こっちは夜中だよ」

わたしはため息をついた。

「なにか用事？」

「用がなかったら、かけちゃいけないの？」

かわりばえのしないやりとりは、ここ十五年ほど繰り返されている。変化したのは、母の居場所くらいだろう。うちの両親も、ふやまちのオーナーとはりあえるくらい、世界各国を転々としている。自動車メーカーに勤める父の仕事の都合だ。行き先はオーナーと違ってアメリカが多い。今はシカゴにいるらしい。ふたりが引っ越して数年が経つけれど、わたしは一度も行ったことがない。行くつもりもない。

遊びにおいで、と母はそれでも言う。気軽に言う。同じ答えが返ってくるのはわかりきっているのに。

「仕事があるもの」

「そう？」

母の反応も、毎回同じだ。それ以上強くは誘ってこない。

わたしが物心ついたときから、父は数年の周期で転勤を繰り返していた。当時の行き先は海外ではなく日本国内だったものの、やはり土地によって生活環境は変わった。住むのはたいがい社宅だった。団地だったり、アパートや一軒家を借りあげていたり、街によって形態は違ったが、隣近所には必ず父と同じ会社に勤める転勤族の家族がいた。同年代の子どもがいる家どうし、家族ぐるみで親しくなる場合も多かった。その手の近所づきあいを、母はとても上手にこなしていた。今にして思えば、いろいろとややこしい人間関係もあっただろうに、そんな気配はおくびにも出さなかった。

わたしのほうは、特に幼いうちは、友達と仲良くなりすぎて失敗もした。引越しを知らされるとひどく落ちこんだし、文通がだんだん間遠になり、やがてとだえてしまうさびしさをかみしめもした。けれど年齢を重ねるにつれて、あらかじめ別れを前提にした友達づきあいのやりかたを少しずつ覚え、同時に、どこへ行ってもそこそこうまく溶けこむ術も身につけた。

「お店は順調？」

「まあまあ」

「紫も元気？」

「大丈夫」

一問、一答。回答は常に決まっている。

紫がそんなふうなんは、きっと家庭環境のせいやな。別れた恋人は、よくため息まじりに言っていた。そんなふう、の中身は、わたしの特徴、正確には彼から見たわたしの特徴——他人と距離を置く、なかなか心を開こうとしない、干渉や束縛をおそれている——を指していた。社会心理学的には、人間の根本的な性格は価値観や考えかたというところも含め、幼少期にかたちづくられるものだという。少なくともそのおおもとの部分は、どんなふうに生まれ育ってきたかが密接に関係している、らしい。

一理あるのかもしれない、とも思う。新しい土地に移るたびに誰かと深い関係を築きあげていたら、数年単位でリセットされる生活に折りあいをつけづらい。送別会や友達からの手紙に、いちいち動揺させられる。わたしに限らず、同じ社宅に住んでいた子どもたちからも、同じ悟りのようなあきらめのようなものを感じることがあった。一般的に見ても、育ってきた環境が個人の性格になんらかの影響を及ぼしているというのはたぶん間違いない。

家庭環境、という彼の言いかたに、しかしわたしはすんなり賛成できなかった。いわゆる転勤族の家庭では、概して家族の結束が強いように見えた。親子が協力し、助けあい、見知らぬ土地になじもうとしていた。つまり、家族どうしの距離が妙に近かった。

わが家は、ちょっと違っていた。仲が悪いわけではない。ただ、遠い。ひとつの家に住んでいたときでさえそうだったのに、今や物理的にもはるかに離れてしまった。地球半周の距離を隔てて、昼夜も逆転している。

「紫、無理しないでね」

母がおっとりと言った。

「わかってるよ」

わたしは短く答えた。

わたしの性格が家庭環境に根ざしているのだと指摘してみせたとき、恋人は憐れむような目をしていた。家族からの愛情に飢えていたから、他人の気持ちを素直に受け入れられない。誰かに心配され、かまわれることに慣れていないから、つい気を張ってしまって心を許せない。いわばコンプレックスだと、言うのだった。そんなわたしのことが、「気の毒でしゃあないわ」と不憫《ふびん》がっていた。

酔っているからか、眠いせいか、昔のことばかりが頭に浮かんでくる。よけいな記憶を頭の外へ追いやって、たずねた。

「お父さんは元気?」

「それが、風邪なの。咳と鼻水が止まらなくて」

父がすぐそばで寝ているわけでもないだろうに、母は声をひそめた。

「季節の変わりめがだめなのよね。ひろくん、ちょっとあったかくなってくると薄着するから。朝晩はまだ冷えるのに」

父と母はお互いを名前で呼びあっている。小さい頃はわたしもそれが普通だと思っていたのだけれど、友達の家へ遊びにいくくらいの年齢になって、そうではないと知った。呼び名だけではない。うちの親たちは、娘がいるにもかかわらず、どこか恋人どうしのような雰囲気を漂わせていた。たとえば出かけるときには、父と母がまず手をつないでから、どちらかが空いているほうの腕をわたしにさしのべた。父がわたしを抱えあげてくれるときもあったが、他のうちのように、子どもを挟んで両脇に立つという構図はほとんどなかった。

「紫、ほんとに大丈夫？」

母が訝しげに聞いた。

「どうして？」

「なんだかいつもと声の感じが違うから。ひょっとして、紫も風邪ぎみ？　それとも、他になにか変わったことでもあった？」

わたしは黙った。変わったこと。胸のうちで母の言葉を転がしてから、答える。

「なにも」

「そう？」

母は考えこむように言い、それから、きっぱりと続けた。

「なにか困ったことがあったら、いつでも言いなさいよ」

「わかった」

適当に応じたのは、母の言いようが見当はずれに聞こえたからだ。困ったこと。変わったこと。どちらにしたって、はるか海のかなたで暮らしている親に相談してもしかたない。

「わかってるの？　ほんとに？」

わたしの雑な返事を、母は気に入らなかったようだった。

「わかってるってば。じゃ、そろそろ切るね」

まだなにか言いたそうな母をさえぎるようにして、受話器を置いた。洗面所で手を洗い、うがいをして、ついでにお風呂も沸かした。

お湯をはる前に浴槽を洗う。裸足にタイルが冷たい。築数十年の町家とはいえ、さすがに水回りだけはリフォームしてある。もっとも、そのリフォームも二十年ほど前のことで、若干がたはきている。今どき珍しい、湯と水の分かれた蛇口なので、温度の調節も難しい。恋人はここへ泊まりにくるたびに、シャワーが適温にならないと文句を言っていた。

三十分もかからないうちにお湯はたまった。さっさと服を脱ぎ捨てて、ざっとお湯を浴び、すぐ浴槽につかった。ざぶりと身をしずめると、お湯がわたしの体積の分だけ、いっせいに流れ出す。父も、まず湯船であたたまってから体を洗っていた。さっきの電話のせいか、ふとそんなことを思い出す。お湯が汚れると母は本気でいやがっていた。わたしもそれを知ってからというもの、父よりも後にお風呂に入るときには、シャワーですませるようになった。

ぴたん、ぴたん、と規則正しい音を立てて、天井から水滴がたれてくる。ひと粒ずつ浴槽の水面に吸いこまれ、広がった波紋がおさまるかおさまらないかの頃合でまた次が続く。大小さまざまなまるい影が、伸ばした裸の脚にゆらゆらと模様をつけている。

ファーストネームを呼びあい、手をつないで歩く両親。子ども時代には、なんだか変わっているな、としか思っていなかったけれど、今ならわかる。母は結婚前と変わらず、依然として父に恋をしていたのだ。娘の前で、わたしとひろくんは愛しあってるの、と臆面もなく言ってのけた。父はうんうんとまじめな顔でうなずいていた。

だからといって、ひとり娘に対する両親の愛が乏しかったとは、わたしは思わない。母のマイペースぶりにいらだつときはあっても、もっとわたしを見てほしいとひがんだことも、親の気をひきたいと躍起になったこともない。わたしは親から邪魔者扱いされていたわけではなかった。単に、自立した人間とみなされていたのだと思う。尊重されていたと言い換えてもいい。そう扱われることは、決していやじゃなかった。

もしも恋人の言ったように、わたしが親の影響を受けているとすれば、父と母との強いつながりを見ながら育ったことが一番大きいのかもしれない。恋をしたらああなるものなのだと、漠然と刷りこまれてしまっているのかもしれない。そうじゃない相手とはいずれ一緒にいられなくなる。だから彼とはうまくいかなくなったし、ブライアンとつきあう勇気も出ないのかもしれない。

ブライアンはこの件に関して、また違う意見を持っている。

「ユカちゃんはスポイルされてるんじゃないかな」

と、前に言われた。

「小さい頃から親御さんたちにたっぷりかわいがられてきたから、愛されるのが当たり前になってるんだよ。感覚が麻痺《まひ》してるっていうか」

「そんなに甘やかされてないよ」

わたしは笑って受け流そうとしたけれど、ブライアンは大まじめだった。

「ある意味、愛情が過剰だったんだよ」

「過剰？」

「それできっと、がつがつしてないんだな」

「がつがつ？」

よくわからない。

「誰かに好かれたいとか、もてたいとか、そういう発想そのものがないでしょう。必要に迫られたことがないから」

僕の愛は、もらって損はないと思うけどなあ。遠慮しなくていいんだよ。ブライアンは冗談めかして、そうしめくくったのだった。

とりとめもなく考えごとをしていたせいか、のぼせてしまった。ふらふらしながらパジャマを着て、ふとんにもぐりこんだ。

電話の音で、目が覚めた。

とっさに枕もとの時計に目をやった。まだ九時前だ。寝起きの、回転の鈍い頭で、かろうじて計算してみる。向こうは夜、ちょうど夕食をすませた時間帯になる。一日を終えてみて、やっぱり朝がたの会話が気にかかった母は、寝る前にもう一度かけてきたのだろう。こりないひとだ。

ふとんから這《は》い出して、受話器を取りあげた。

「もしもし？」

思いがけない声がした。

「工房にはいつ来られそうですか」

と光山は言った。

西陣

大きなアルミ鍋から、もうもうと湯気が上っている。

カレーやシチューを何十人分も作れそうな巨大な両手鍋は、使いこまれて表面がところどころへこみ、鈍く光っている。火のついたコンロの後ろにある窓は開け放たれ、からからと音を立てて換気扇も回っているのに、部屋には独特の青くさいにおいが充満している。

鍋をのぞいてみた。中身はカレーでもシチューでもない。あまり食欲をそそられない、深緑色の葉がわさわさとひしめき、水面をほとんど覆っている。その隙間から気泡がぽこぽこと浮かんでは消えていく様子は、山奥の沼を連想させた。鍋に顔を近づけると、においはいっそう強まった。夏に向かっていくこの時季、鴨川のほとりや京都御苑にも似たようなにおいが漂っている。むっとするような、草いきれのにおい。まぶたを閉じたら、草むらの中に立っているみたいだ。

「お待たせしてすみません」

背後から話しかけられ、わたしは目を開けて振り向いた。いつのまに戻ってきたのか、後ろに光山が立っていた。

「申し訳ない。ちょっと長電話になってしまって」

にこにこして言う。申し訳なく思っているようには、見えない。

「こちらこそ、すみません。お忙しいところにお邪魔してしまって」

精一杯の皮肉をこめて、答えた。

お邪魔したくてしてるわけじゃない。工房に来るようにと強引に誘ったのは光山のほうだ。

押し問答の末、わたしは半ば根負けして、じゃあうかがいますと約束した。約束させられた、と言ったほうがしっくりくる。そうやって呼びつけたお客を長々と待たせるなんて、どういうことだろう。

「ええと、どこまで話しましたっけね」

光山は悪びれる様子もなく、工房の中をぐるりと見回した。

辻猿工房、と木の看板をかかげた二階建ての町家は、西陣の一角にあった。四月にパーティーが開かれた会場のすぐそばだった。約束の五分前に着いたら、入口の引き戸は開け放されていた。正面に階段、右手に襖《ふすま》が見えた。わたしはおそるおそる玄関の中に足を踏み入れて、ごめん下さい、と奥へ声をかけた。

「いらっしゃい」

襖が開き、光山が顔をのぞかせた。会うのはまだ三度目なのに、まるで長年の知りあいのような、ひとなつこい笑みを浮かべていた。

「一階が作業場で、二階が事務所です。作業場のほうに、どうぞ」

襖の内側は、十畳ほどの畳敷きの和室だった。中央に低い円卓とえんじ色の座布団、壁沿いには大小のたんすが置かれ、隅にひとりがけのソファがあった。工房というよりも、一般家庭のお茶の間のような雰囲気だった。この広い円卓なら大家族も団欒《だんらん》を楽しめそうだ。奥に流しのスペースもついている。

「じゃあ、まず」

光山が口を開きかけたちょうどそのとき、二階で電話が鳴り出したのだった。

「すみません、ちょっとここで待ってて下さい。すぐ戻ります」

光山がソファにわたしを座らせて、軽快な足音とともに階段を上っていってしまってから、三十分が経過した。

三十分は、ちょっとじゃないし、すぐじゃない。

はじめこそわずかに緊張していたものの、慣れてしまえばたいくつ以外のなにものでもなかった。室内を見回すのにもじきに飽き、危うくソファでうたた寝しそうになって、眠気ざましに鍋をのぞきこんでみるほど時間を持て余していた。

「まあまあ、そう怒らないで。おわびに、心をこめてご案内します」

ようやくわたしの仏頂面に気づいたらしい光山が口調をあらため、うやうやしく一礼した。ふざけているのかと思ったが、顔を上げるとまじめな表情だった。

案内もなにも、待っている間に、部屋の中はあらかた眺め終えてしまった。目をひくのはさかんに煮たっている鍋くらいで、とりたてて変わったものはなかった。鍋の中身もすでに確かめた。見た目が沼めいているからといって、むろん魚やわにが泳いでいるわけでもないことは、わかっている。もう十分だ。できれば早く帰りたい。

「では、さっそく」

光山がコンロのほうへ向き直った。

「これが、鍋です」

「見たらわかります」

おもむろに切り出されて、言い返してしまった。光山はにこりともせずにうなずき、

「葉を煮ています」

と続けた。会話を切りあげるつもりはないらしい。わたしは返事をしなかった。する必要も感じない。

「ネムノキです。これで布を染めたら、何色になると思います？」

光山がわたしの顔をのぞきこんだ。ふぞろいな両目が、わたしの両目をまっすぐにとらえた。

「緑」

返事をする必要はない、はずなのに、答えていた。光山がうれしそうに笑った。左右でかたちの違う目が、細めるとあまり目立たなくなる。

「緑でしょう。どう見ても」

なんだかばつが悪くなって、ぼそぼそと言い添えた。暗緑色の水面では、相変わらずさかんに気泡がはじけている。

「緑」

光山がはずんだ声で繰り返した。

「実は、違うんですよ」

光山がたんすのひきだしから出してきたぶあついリング式のノートは、表紙に太いマジックペンで「色見本」と大書されていた。円卓の前に並んで座って、ずっしり重いノートの、最初のページを開いた。

目に飛びこんできたのは、赤だった。ページ一面に、三センチ四方ほどの赤い正方形が数十、びっしり並んでいる。一見、じかに紙を塗ってあるのかと思ったが、よく見たら四角い布が一枚ずつ貼りつけられていた。ページの上のほうは濃い赤で、下にいくほど色が薄く、ピンクに近づいていく。どれひとつとして同じ色はない。それぞれの布の下に、日付や植物の名前らしき文字が鉛筆で書き添えられていた。覚え書きのようだ。

「ネムノキは、黄色になるんです」

光山がノートにそっと手をさしのべ、中ほどを開いてみせた。今度は、見開きの左も右も、黄色の布で埋めつくされていた。赤のページと同じように、色あいはおのおの微妙に異なっている。

「葉や草って、黄色く染まるものが多いんです。自分は緑色なのに不思議だけど」

同じ植物でも、色の出かたは季節や生えている場所によって違う。陽あたりや湿度といった環境によって色素の具合が変わるからだ。このページのさまざまな黄色もすべて、鍋の中に入っているのと同じ、ネムノキの葉から抽出されたものだという。

「これは春の。ひなたに生えていたものだから、色が濃い。ここからここまでは、冬。ちょっと色がぼやけてるけど、これはこれで味がある」

色見本を指さして熱心に説明していた光山は、そうだ、とだしぬけに手を打った。

「せっかくだから、やってみませんか」

真っ白なハンカチが、水面にふれる。ふれたところから、みるみるうちに青くなる。

「いいですよ。そのまま、そのまま」

光山に言われて、わたしはハンカチからそろそろと手を離した。流し台に置いてある、色水を張った大きなボウルの底に、青く涼しげに色づいた布がうずくまる。

「これでかき回して下さい」

長い菜箸を横から渡された。ハンカチをつまみ、これまた指示されたとおりに、水の中でぐるぐると泳がせる。ボウルに小さな波が立つ。

「そろそろいいかな。次は、こっちに」

光山が別のボウルを出して台にのせた。箸に巻きついた青いハンカチをそこへ移すと、再びさあっと色が変わった。

「きれい」

思わずつぶやいた。澄んだ青にほのかな赤が重なって、ハンカチは優しい藤色に染まっている。夕焼けみたいだ。よく晴れた初夏の夕方、空にだんだん赤みがさしていくのを、早送りで見ているようだった。

「うん、いい色だ。すばらしい」

光山も満足げだった。濡れたハンカチを色水から引きあげ、両手でささげ持って、ためつすがめつしている。自分で染料を調合しておいて、いまひとつの出来だとは言いづらいだろうけれど、それをさしひいてもうれしそうだ。

数ある色の中から、光山はためらわずに紫色を選んだ。

「紫さんに他の色って、ちょっとありえないでしょう。絶対、紫が一番うまく染まりますよ」

例によって断定口調で勧められ、それでもおとなしく従ったのは、いかにも専門家然とした余裕しゃくしゃくの態度に気おされたせいもあるし、いきなり下の名をなれなれしく呼ばれて面食らったからでもあった。

けれど一番の理由はやっぱり、わたしが紫という色を好きだからだ。買いものやなにかで色を選ぶ機会があるとき、つい紫に手が伸びるのは、もはや習慣のようになっている。この名前なのに紫がきらいだったら、悲劇だと思う。

幼い頃のわたしは、まさにその悲劇のただなかにいた。紫という色は赤やピンクに比べて子どもには渋すぎる。一方で、娘に紫と名づけた両親にとっては、服や持ちものを買い与えるときにその色を選ぶのはごく自然なことだったに違いない。家族以外から贈られるプレゼントも、なにかと紫が多かった。気持ちは、まあ、わからなくもない。おまけに、いつも紫のものを身につけていることで、この子はこの色が好きなんだろうとさらなる誤解も呼んだ。悪循環だった。

でも奇妙なことに、しぶしぶ紫のものに囲まれているうちに、刷りこみなのか慣れなのか、だんだん愛着もわいてきた。

いつしか紫は、わたしの色になっていた。いや、わたしが紫色に染まったんだろうか。地味だけれどおいしそうな茄子紺色、朝焼けの空を思わせる赤紫色、こっくり深いぶどう色。そのときどきでお気に入りはあるものの、基本的にどれも好きだ。

「うまくいってよかった。一期一会ですからね」

光山はしみじみと言い、ハンカチを軽くしぼった。薄紫色のしずくがぽたぽたとしたたって、ボウルの水面に波紋を広げる。

「それじゃ、洗いましょうか」

色水の入ったボウルよりもひと回り大きいプラスチックのバケツに半分ほど水を張り、洗剤を溶かした。流しではなく、足もとの床にバスタオルを敷いてその上に置く。てっきりわたしが洗うのかと思ったら、光山は自らバケツの前にひざまずいた。洗うといってもごしごしこするのではない。布を洗剤の泡にくぐらせ、丁寧にゆすぎ、目の前に持ってきてじっと検分するという作業を、ひたすら繰り返している。

わたしにはなんの説明もなかった。説明どころか、光山はこちらには見向きもしないで、手もとだけに集中している。わたしに草木染めを教えてくれていること、というよりも、わたしの存在そのものを、忘れてしまったかのようだった。このままこっそり出ていっても気づかれなさそうだ。実際のところ、もう帰ったほうがいいようにも思えた。一度ならず二度までも放っておかれて、文句を言われる筋あいもない。

そう頭では考えているのに、足が動かなかった。いらだちもたいくつも、今度は感じなかった。ところどころに白い泡がくっついた薄紫の布に、光山は真剣なまなざしを向けている。

そのきまじめな横顔から、なめらかで精確な手の動きから、わたしは目を離せなくなっていた。

　ふと、光山が顔を上げた。

　わたしと目が合うと、びっくりしたようにぽかんと口を開けた。やっぱり、わたしのことは頭から抜け落ちていたらしい。わたしのほうも、なんだかぼうっとしていた。しばらくの間、互いに見つめあってしまった。

「さて」

　先に気を取り直したのは、光山だった。にっこり笑い、両手でハンカチをぎゅっとしぼりあげる。わたしはあたふたと視線をそらした。

「次は、媒染《ばいせん》です」

　バケツの水を入れ替えて、光山は講義を再開した。

「植物を煮出した汁につければ、いったんはこうして色がつくけど、時間が経つと落ちてしまう。だから、媒染剤につけて化学反応させて、色素を繊維に定着させるんです。媒染剤はいろいろあるけど、今日は簡単なやりかたで」

　話しながら、新しい水に白い粉を振り入れる。

「ミョウバンです。なすの漬物を作るときに使うでしょう。あれも、原理は同じです。皮が茶色く変わってしまうのを防いで、きれいな青を保ってくれる」

光山はそこで言葉を切って、ひとりごとのようにつけ加えた。

「ああ、今どきのお嬢さんは、漬物の作りかたなんて知らないか」

いつものからかうような調子ではなく、突き放すような冷めた口ぶりだった。それがよけいに悔しくて、

「知ってます」

とわたしは言い返した。ミョウバンくらい、知っている。

なすのぬか漬けは祖父の好物だった。どんなに食欲が落ちても、それだけは食べた。うちで漬けたものでないとだめだったので、祖母はほぼ毎日、タッパーに詰めたなすを病院へ届けていた。祖母も入院してしまった後は、その役はわたしに回ってきた。祖父は頑なになすしか食べなかった。祖母は蕪ときゅうりが好きだった。

「それは、よかった」

光山が目を細めた。

「つけてみて下さい。ゆっくりと」

ミョウバン水に、わたしはそっとハンカチをひたした。優しい藤色がゆらゆらとバケツの底へ沈んでいく。

祖母がいなくなってからも、わたしはぬか床を捨てられなかった。かといって、また新しくなにかを漬ける気にもなれなかった。ただ黙々と空っぽのぬか床をかき回しているのを、葬儀のために実家へ戻ってきた母に見つかってしまった。翌朝には、ぬか床は台所から消えていた。

「あとは乾かしたら完成です」

最後にまた軽く水で洗ってから、光山に案内されて、こぢんまりした坪庭に出た。隅の植木の枝に渡してある細いロープの端っこにハンカチをかけ、飛ばされてしまわないように洗濯ばさみでとめる。けっこう風がある。

「この天気なら、すぐ乾くな。お茶でも飲みながら待ちましょう」

急な階段を上がった二階の事務所は、一階とは違って洋室だった。手前に古めかしい応接セットが置かれ、ふたりがけのソファがふたつ、低いガラスのテーブルを挟んで向かいあっている。その奥には大きな本棚とデスクがひかえていた。

光山はわたしにソファを勧め、冷蔵庫からお茶のペットボトルを出してきた。テーブルの上にばらばらと積み重なっている新聞や郵便物をざっと脇に寄せてスペースを作り、パーティーのときにもらったものと同じコースターをふたつ置いた。

「すみませんね、散らかってて。一階はごちゃごちゃしてると集中できないから、なるべく片づけるんだけど、ここはどうもやる気が出なくてね」

グラスにお茶を注ぎ、頭をかいてみせる。さっき目のあたりにした集中ぶりを、わたしは思い出した。

「どうでしたか、染めは。なかなかおもしろいでしょう」

お茶をひと口すすって、光山は言った。

「紫さんは、筋がいいと思いますよ」

「そう、ですか？」

言われるがままに手を動かしていただけだ。あれだけでは、筋がいいも悪いもないだろう。

「だって、いい色に染まってるじゃないですか」

光山が窓のほうに目をやった。ちょうど坪庭が見下ろせる。藤色のハンカチが、木々の間ではためいている。

「でも、わたしがやったっていうより、ほとんど教わったままですよ」

染料は光山がまぜた。手順もつけておく時間も、教えられたとおりにやった。途中で光山が自分で作業したところもあった。

「違います。あの色は僕が作り出したんじゃない。紫さんが、呼び寄せた色なんだ」

光山が身を乗り出した。

「草木染めっていうのはね、この色っていうイメージがあっても思ったとおりにはいかないものなんです。相手が生きものだから。さっきも言ったとおり、同じ草でも、陽あたりとか土の状態とかで出てくる色が全然違う。この花とこの草とこの木を何グラムずつまぜて、何時間煮出して、何分間ひたして、ってやったからって、次もまったく同じ色が出せるとは限らない」

子どものように頬を上気させて延々と語り続ける光山に、わたしは黙って耳を傾けていた。軽はずみな相槌を打つには、その表情はあまりに真剣だった。話しかたもふだんとまるで違う。口数が多いのは変わらないものの、いつもはぺらぺらと喋っていてもどこか冷静というか、相手の出かたを斜め上から眺めているような余裕があるのに、それが感じられない。

「一本一本の木や草や花が持っている色を、そのまま取り出すんです。もらい受けるっていってもいいかな」

もちろん、生えている場所や時季が同じなら色は自ずと似てくる。そういった傾向については観察し記録して、参考にもしている。さっきの色見本がその集大成だ。

「そうやって努力しても、結局、前の色はまず再現できない。特に、これだって満足できるようなのは、なかなか」

　光山が悔しそうに口もとをゆがめた。

「まあ、そこがおもしろいともいえるんだけどなあ」

　つぶやいて、ごくごくとお茶を飲み干した。空になったグラスを手でもてあそび、ぼんやりと外を眺める。

　またただ、と思った。このひとはまた、自分の世界に入ってしまっている。さすがに慣れてきて、もはや驚かなかった。腹を立てるよりもあきらめのほうが先に立つ。染めものに注ぐこの情熱と日頃の不遜な物腰との差が大きすぎて、戸惑うけれども。

　こうなったら気長に待とうかという気にもなったが、黙って顔をつきあわせていると、やはりだんだん気づまりになってきた。わたしは室内を見回して、会話のきっかけを探してみた。

「これも、草木染めなんですか？」

　目にとまったのは、ソファの斜め後ろの壁だった。一メートル四方くらいの淡いピンク色の布がピンでとめつけてある。入ってきたときには開いたドアの陰になって気がつかなかった。

　光山は我に返ったように顔を上げ、壁を見やった。

「そうです。山桜で」

山桜と聞いて、ただの桜と言われるよりもぴんときた。奥ゆかしくひかえめな桜色から、険しい山肌にぽつんと立っている古木が思い浮かんだ。

「今年の春先に、知人が譲ってくれたんです。大雪で太い枝が折れてしまったらしくて。わざわざ持ってきてもらいました」

光山はソファから立ちあがって壁際に近づき、いとおしそうに布をなでた。

「きれいな色ですね」

わたしがほめると、光山はぱっと顔を輝かせ、布を壁からはずしてこちらへ持ってきた。

「桜で染めたことは何度かあるけど、その中でも一番の出来です」

ソファの背もたれに布をそっとのせ、うってかわってぞんざいな手つきで、テーブルの上にあった一切合財を片づける。新聞もグラスもコースターも、ひとまとめに奥のデスクへと移された。

「桜って手に入りにくいんですよ。なかなか切らないから。だから、染めるときにも失敗するわけにはいかない」

説明しながら、光山は空いたテーブルの上で慎重に布を広げてみせた。薄手だが張りがある。麻だろうか。

「だけど、桜はすごく難しいんです。気を抜いたらまったく色あいが違ってくる」

切なげに眉をひそめ、指先で布にふれる。

「ほら、この、澄んだ桜色がいいでしょう。これがくすんだらだいなしだ。赤みも強すぎず、弱すぎずで、上品でいい」

わたしは浅くうなずいた。純粋にきれいだと思ったからそう口にしただけで、光山が熱っぽく語っているような細かいところまではよくわからない。でも、あまりの勢いに口を挟みそびれた。

「ちょっと、かいでみて下さい。桜のにおいがしますよ」

差し出された布の端を持ちあげ、少し前かがみになって鼻を近づけてみた。なんのにおいも、しない。

もしかして、またからかわれてるんだろうか。思いあたり、わたしはちらりと光山のほうをうかがった。ああやって洗って、乾かして、しかも染めてからずいぶん日が経っているはずだ。それでもにおいは残るものなんだろうか。

だいたい、桜ってどんなにおいがするんだろう。かいだこともない。

「ね？」

わたしのもの問いたげな視線をどう解釈したのか、光山は得意そうにうなずいた。

「染めてるときは、工房いっぱいにこのにおいが広がってしまって。酔っぱらいそうだったな」

わたしは目を閉じ、鼻先に意識を集中した。思いきり息を吸いこんだら、なんだか独特のにおいが鼻をついた、気がした。桜餅みたいな、におい。

「ほんとだ」

つぶやいてまぶたを開けると、光山の顔がすぐ近くにあった。大きさの違う両目で、わたしをじっと見つめている。わたしの手から桜色の布がするりとすべり落ちた。

そのとき、階下から声がした。

「ただいま」

わたしは反射的に背筋を伸ばした。光山が身をかがめ、床に落ちてしまった布を拾いあげた。とん、とん、と階段を上ってくる軽やかな足音に、ノックの音が続いた。

「お客さん？」

女のひとにしてはやや低めの、凜とした声だった。

大原

田んぼと畑に挟まれた山道を、バスはゆるゆると上っていく。

いくつもバス停を過ぎたけれど、わたしたちと一緒に出町柳《でまちやなぎ》から乗ってきた十人ほどは、今のところ誰も降りていない。新たな乗客も乗りこんでこない。リュックサックを背負った熟年夫婦、最後部の四人席に陣どっている中年女性の三人組、わたしとほぼ同年代に見える、観光客ふうのカップル。一番前の席には、孫らしき子どもを胸に抱いた小柄な老女が座っている。もしかしたらひ孫かもしれない。車内の平均年齢を、この子がぐんと下げている。

ひとつ前の席に、わたしは視線を戻した。光山は窓枠に片ひじをひっかけて手のひらで顎を支え、こちらに横顔を見せている。

わたしたちは、どんなふうに見えてるんだろう。さっきから何度も考えていることを、また考える。前後に並んで、それぞれひとりがけの席に座っているふたりは、夫婦にも恋人にも見えないだろう。友達にも、ましてや親子にも。事実、そのどれでもないのだから、当たり前といえば当たり前だ。というか、考えても意味がない。わたしは頭を振り、窓の外へ目をやった。乗客たちの誰も、そんなことは気にもとめていない。

野草を摘みにいきましょう、と光山は言ったのだった。

電話がかかってきたとき、最初からその話を持ちかけられたとしたら、わたしは丁重に断っただろう。そうしようと決めていた。工房を訪れた後、光山からはなんの音沙汰もなかった。次に連絡があるとしても、どうせ気まぐれに違いない。誘われるまま、考えなしにほいほいとついていったらばかを見る。きっぱりと断ろう、もう関わりあわないでおこう、と心に決めていた。

そうしなかったのは、いや、できなかったのは、意表をつかれたからだった。

「こないだの忘れもの、どうします？」

と光山は切り出したのだ。

「乾いたらまた一段といい色になりましたよ」

そう聞いた瞬間に、あの日の記憶が一気に押し寄せてきた。それまでは一週間ずっと、できるだけ思い出さないように注意していたのに。もっとも、ハンカチのことに限っていえば、すっかり忘れていたのだが。

「お届けしましょうか」

いりません、とは言いかねた。さしあげますというのもおかしい気がした。答えに詰まっているうちに、

「そうだ、近々、大原に行こうと思ってたんです。いい季節になってきたから」

さもいいことを思い出したかのように、光山は明るく言った。

「次の休みって、いつですか？」

バスの中は、しんと静まり返っている。

子どもは小さな口を全開にして眠っている。後ろのおばちゃん三人組はここからは見えないが、怒濤《どとう》のようなお喋りはやんでいるので、おそらく寝てしまったのだろう。それ以外のおとなたちは、思い思いの体勢で窓の外を眺めている。バスの速度は変わらない一方で、外に広がる景色のほうは加速度をつけてのどかになっていく。視界に占める緑色の割合も上がっている。街にしか住んだことがないくせに、山里の田園風景がなつかしく感じられるのはなぜだろう。太古の暮らしが遺伝子にまで刷りこまれているんだろうか。

終点の大原に着いたときには十二時を回っていた。乗客たちが一列になって、ぞろぞろとバスから降りる。わたしも光山の後からステップを下りた。

明るい陽光に照らし出された素朴な村落は、にぎやかな市内とまったく雰囲気が違った。

ずいぶん遠くまで来たように感じる。バスでたった一時間でも、これは小さな旅なのかもしれない。

二十代の頃はときどき旅行に出かけていたけれど、最近はほとんど遠出をしていない。仕事があるし、準備の時間もなかなかとれないし、そもそも体力も足りない。あとは、京都に住んで長いというのも、たぶんある。京都という土地では、なんというか、日常と非日常の境目がかなり曖昧なのだ。わりと日常的に非日常的だよね、といつかブライアンに言ったら、日本語がおかしいととがめられた。

日常なのに、非日常。

もちろん、世界有数の観光地だという事実も、いくらかは影響しているのだろう。でも、それだけでは片づけられないようにも思う。なにせこの都では、見慣れた御池通にいきなり葵祭《あおいまつり》の王朝行列が現れたり、十何代も続く老舗《しにせ》が時代を超えて粛々と店を守っていたり、庶民にははかりしれない雅《みやび》やかな集まりが祇園あたりでひそやかに繰り広げられていたり、するのだ。そこに直接参加するわけではなくても、独特の空気はひたひたとにじみ出て、街を満たしている。そんな中で暮らしていれば、無意識のうちに刺激を受けてもおかしくない。路地を一本奥へ入ると見知らぬ光景が広がり、日々の生活のすぐ傍らに得体の知れない異世界がかいまみえる。そんな感覚が、わざわざ「別の場所」へ足を延ばそうという欲求を鈍らせるのかもしれない。おまけに、わたしは「よそさん」だ。いくら居場所としての愛着が強くても、根づくということとはまた違う。こんなに長く住んでいるのに、気楽というか無責任というか、どうも旅先めいた気分が抜けない。

屋根のついたバス停からひなたに出て、うんと手足を伸ばした。周りの人々も同じように体を動かしている。寝ていたひとたちだけでなく、寝ていなかったひとたちまで、起きぬけみたいに目をしょぼしょぼさせていた。わたしと同じく、いつのまにか連れてこられた新しい場所に、まだしっくりなじめていない様子だった。

けれど、中には例外もいた。彼らはバスから降りるなり、周りの変化にはおかまいなく、すぐさま自分のペースで動き出した。

ひとりは、赤ん坊だ。バス停まで迎えに来ていた、祖父もしくは曽祖父と思しき老人に抱きとられたとたん、盛大に泣き出した。そしてもうひとりは、嬉々としてわたしを振り向いた。

「こっちです」

光山はバス停の裏から坂を下っていく細い石段を指さしながら、もう片方の手でわたしの袖をひっぱった。

わたしはとっさに後ずさった。光山の手が離れた。

「行きましょう」

宙に浮いてしまった手をごく自然にひっこめて、光山はほがらかに言った。

細い階段を下りると、田畑の間をぬって延びる田舎道に出た。光山はわたしの半歩前を、時折こちらを振り返りつつ、はずんだ足どりで歩いていく。今日も和服だ。海老茶色の作務衣《さむえ》に、肩からかけた大きな帆布製のかばんが意外に似合っている。

水の張られた田んぼを横目に、なだらかな坂を上りきったところに、いかめしい瓦屋根の一軒家が建っていた。垣根に挟まれた簡素な門をくぐり、飛び石をたどる。庭先には雑多な草木がもくもくと茂っている。玄関のすぐ手前に植えられた、ひときわ背の高い桜の木から、かしましい小鳥の声が降ってきた。

玄関口までたどり着いた光山は、呼び鈴も押さず、声をかけるでもなく、すりガラスのはまった引き戸をがらがらと開けた。

中は土間になっていた。健康サンダル、革のローファー、スニーカー、脱ぎ散らかされている靴はすべて男もののようだった。これだけ見たらずいぶんにぎやかそうなのに、不思議と奥からはなんの音も聞こえてこない。光山が脱いだ草履《ぞうり》の横に、わたしは自分のデッキシューズをそろえた。サイズこそ小さいものの、生成りのキャンバス地と飾りけのないデザインは、他のはきものの間でも悪目立ちはしていない。

野草を摘むということは、行き先は山や林だろうから、歩きやすいようにこの地味な靴にした。下手にかわいらしい靴をはいて、はりきって着飾ってきたふうに見られるのもいやだった。服も同じ方針で選び、ジーンズに白いTシャツという、気の抜けた組みあわせに落ち着いた。色が落ちてくたくたになっているジーンズも、淡いラベンダー色の細かい水玉模様が入っているTシャツも、気に入ってはいるのだけれど。

前の恋人は、ふたりで会うときにわたしがこういう服を着ていると、あからさまに顔を曇らせたものだ。つきあいはじめてしばらくの間は、だからわたしも気を遣って、ワンピースやスカートを身につけていた。彼を喜ばせたかったというよりは、不機嫌にさせたくなかったのだ。当時は気づいていなかったが、このふたつは似ているようで微妙に違う。今にして思えば、その微妙なずれが、無意識のうちにわたしたちを疲弊させたのだろう。

つきあいが長くなるにつれ、日に日に女らしさが薄まっていくわたしの格好を見て、素が出てきたのだと彼は受けとめていたようだった。本来は服装にかまわない女で、最初だけはがんばっていたものの、だんだん手を抜きはじめたのだ、と。けれどその解釈もまた、微妙にずれていた。かまうのだ。かまうからこそ、こうなる。手をかけなすぎると思われたほうが、手をかけすぎだと思われるよりも、ずっといい。

そう正直に言ったら、彼は怒っただろうか。自意識過剰だと非難されたかもしれない。でも事実は事実なので、どうしようもない。照れなのか、ひねくれた自意識なのか、自分でも本当の理由はよくわからないままに、わたしはついワンピースよりもジーンズを選んでしまう。この手の服が男のひとの目に魅力的には映らないことくらい、わかっている。頭のやわらかい若者ならともかく、年が上になればなるほどそうだろう。

長い廊下を抜けたつきあたりには、畳敷きの大広間がひかえていた。

十人あまりの先客は、ひとりひとり離れて座り、それぞれ違う作業に没頭している。手前の若者はスケッチブックを広げ、その斜め後ろで白髪の老人が夢中でなにかの枝を削り、床の間の前では太った中年のおじさんが背中をまるめてカメラをいじっていた。奥の縁側には高校生くらいの少年が腹ばいになって、おにぎりを片手に文庫本をめくっている。誰もなにも喋らないので、おそろしく静かだった。

この純和風の古い民家のあらましを、光山は道々わたしに説明してくれた。市内に住む資産家の持ちもので、趣味でやっている陶芸のアトリエとしてたまに使っていたのを、何年か前から他の陶芸仲間たちにも開放することにしたのだという。その後、知りあいが知りあいを呼び、焼きものとは関係のない分野の人々も集まってくるようになった。草木や生きものをとったり、スケッチをしたり、土を掘ったり、大原の自然を求めてやってくる職人や芸術家たちの間で、便利な休憩場所として重宝されているらしい。

光山は広間をつっきって窓のほうをめざした。縁側と部屋の境にある障子は半分開け放たれていて、涼しい風が吹き抜けていく。途中で何人かと会釈をかわした。職人や芸術家が集まっていると聞いて、とっつきにくい雰囲気を覚悟していたが、そうでもなかった。挨拶しても返事がない場合も、わざと無視しているわけではなく、単に手もとに集中しているだけのようだった。部外者のわたしを見てもいやな顔をするひとはいない。

そのかわり、あれ、と驚いたような顔をするひとはいた。無理もない。誰も連れなど伴っていない。しかも、わたし以外はみんな男性だった。

「とりあえず腹ごしらえしてから行きましょう」

縁側のそばに腰を下ろして、光山が言った。おにぎりを食べ終えた少年がすっと立ちあがり、軽く頭を下げて去っていく。

「え」

わたしはぽかんとした。食べものなんて持ってこなかった。てっきりどこか適当な店に入るのだとばかり思っていた。

「あ、大丈夫。余分に持ってきたんで、ふたりで分けましょう」

光山がかばんに手をかけた。

「すみません」

自分の不注意を、呪う。野草を摘みにきたのだ。食事も野外ですませるというのは——ここは野外じゃないけど——十分ありうる話なのに、どうして気がつかなかったんだろう。歩いてくる途中にも、レストランや喫茶店は見あたらなかった。

「遠慮しないで下さい。たくさんあるから」

そういう問題じゃない。

不意をつかれたきまりの悪さが、少しずついらだちに変わっていく。そうならそうと、あらかじめ言ってくれればよかったのに。バス停の周りは比較的にぎわっていた。せめてバスを降りたときにひと言ことわってもらえれば、簡単なものを買っておけた。

「おなか、空いてないですか？」

光山が首をかしげた。返事をしようとしたとき、頭の上から大声が降ってきた。

「先生、おひさしぶりです」

わたしたちが顔を上げると、でっぷりと太った髭面《ひげづら》の大男がこちらを見下ろしていた。首からかけた手ぬぐいで、赤くほてった顔をしきりに拭いている。

「あっついですなあ。まだ五月やいうのに、かなんわ」

男は抱えていた木箱をどすんと足もとに置いた。中には数本の筆、ひっせん、絵の具のチューブがいくつか、ぞうきんのようなぼろきれのような布、それから極彩色のまだら模様がついたパレットが、ごちゃごちゃとつっこまれていた。

「えらいご無沙汰やないですか。どないしてはったんですか」

太い首筋を汗がつたっていく。この大声で喋っていたら、体温も上がりそうだ。

「商売繁盛なんはけっこうやけど、たまには顔見せて下さいよ。さびしいやないですか、おふたりが来はらへんと」

わたしにも愛想よく笑いかけた彼は、そこで細い目を見開いた。口が半開きになっている。

「こちら、紫さん」

光山がにこやかに言った。わたしはかろうじて頭を下げた。おふたり、という言葉が頭の中でこだましていた。

「ああ、どうも。はじめまして」

大男は目をぱちぱちとしばたたかせ、せわしなく何度か頭を上下させると、ほな、このへんで、とそそくさと踵を返した。

「やっぱり外で食べましょうか」

巨大な背中を見送りながら、光山が言った。

「せっかくここまで来たんだし」

かばんの口を閉めて、立ちあがる。わたしも一緒に腰を浮かした。

たくさんある、という光山の言葉は、嘘じゃなかった。

大きなかばんの中から次々に出てくるパンを、わたしはあっけにとられて眺めた。サンドイッチの四角いパックが四つ、ドーナツがふたつ、あんぱんとクリームパンとチョココルネがひとつずつ、それぞれ種類ごとに透明なビニール袋に入っている。

屋敷を出ると、光山はわたしを裏手に案内した。立派な窯の前を過ぎ、枝折戸《しおりど》をくぐり、細いけもの道を五分ばかり上ったところで、雑木林にぐるりと囲まれた花畑に出た。レンゲにたんぽぽにシロツメクサ、それから名前もわからない小さな花々が咲き乱れている真ん中に、画家の大男から借り受けてきたレジャーシートを広げた。

靴を脱ぎ、ところどころ乾いた油絵の具がこびりついているシートに足を投げ出して座ったら、なんともなつかしい気持ちになった。レジャーシートに座るなんて何年ぶりだろう。京都御苑や鴨川でくつろいでいる親子連れや学生たちはよく見かけるけれど、自分で使うのは本当にひさしぶりだ。さすがに女ひとりでシートを広げようという発想は出てこなかった。

黄と青と白のしましまのシートの上、並んで座ったわたしと光山の間に、パンの山ができている。最後に長い銀色の魔法瓶を出すと、かばんはぺしゃんと平らになった。

「さて、食べますか」

光山がかいがいしくサンドイッチのパックを順に開け、一列に整列させた。

「こっちがレタスとベーコンとトマトで、それはハムときゅうり。あとは玉子サラダと、カツサンド。どれにします？　あ、それとも、甘いのがいい？」

たずねながら、ウェットティッシュを差し出す。いたれりつくせりだ。

「じゃあ、ハムを」

「気が合うな。やっぱりサンドイッチはハムだよなあ」

光山がうれしそうにうなずいた。

「すみません、ごちそうになっちゃって。気が回らなくて」

わたしは長方形のハムサンドをひときれつまんだ。澄んだ空気とうららかな陽ざしのおかげで、なんだか細かいことはどうでもよくなってきた。

「いやいや、こっちこそ言い忘れてて」

サンドイッチをひと口で飲みこんでしまった光山が、魔法瓶のふたを取って渡してくれた。

こぽこぽと牧歌的な音とともに、コーヒーの香りが広がった。

「ああ、ピクニック日和だ」

光山が晴れやかな声を上げ、空をあおいだ。賛成だとでも言いたげに、ひよひよひよ、と能天気な小鳥の鳴き声が林から響いてきた。

サンドイッチを順調にたいらげ、ドーナツもひとつずつ食べた。満腹なのに、光山が当然のようにクリームパンをふたつに割って渡してきたので、断りそびれてしまった。

「紫さんは、いつから京都に？」

手渡されたパンからはクリームがこぼれ落ちそうだった。あわてて口をつける。カスタードの甘いにおいが鼻をついた。

「大学からです」

はみ出したクリームを舌でなめとってから、答えた。光山が目を細める。なにかおかしなことでも言っただろうか。

「クリームが」

光山がすいと手をさしのべてきた。わたしは顔をそむけ、空いているほうの手の甲で口もとを拭った。

「ご両親は？」

光山は伸ばしかけていた手を膝の上に戻し、さらにたずねた。

「今は離れてますけど、母は京都の生まれです」

「もしかして、あのお店の？」

わたしはびっくりして聞き返した。

「母を知ってるんですか？」

光山と、母。組みあわせとしてとっぴすぎる。

「はい」

光山がこともなげにうなずいた。

「昔、あのへんに住んでたんです。店番をしているお母さんを何度か見かけたことがある。話してはいないけど」

それっていつの話なんだろう。考えかけて、気づいた。光山の年齢は、わたしよりも母に近い。

「きれいなひとで、あこがれていた」

光山は感慨深げにたたみかけた。わたしはうまく頭が働かなくなってきて、どうでもいい質問を口にしてしまった。

「湊、さんも、京都生まれなんですか？」

「光山でいいですよ」

わたしのたどたどしい発音がおかしかったのか、光山は楽しそうに笑って応じた。舌を出し、指についたクリームをぺろりとなめる。

「違います。僕は京都の出身じゃない。子どもの頃は東京で、中学の途中から京都に引っ越してきたんです」

そう言われてみれば、あまり訛りがない。基本的には標準語で、ほのかに関西のアクセントがまじるくらいだ。

「ずっと東京だったので、転校はつらかったですよ」

だから、と光山は熱っぽく言葉を継いだ。

「お母さんを見かけて、救われた。ああ、こんなにきれいなひとに会えるんなら、京都に来たかいがあったなって。まさに女神様だった」

「はあ」

わたしはため息まじりに相槌を打ち、クリームパンをかじった。母は確かに美人だとよくほめられるが、女神様というのは言いすぎだろう。このひとは十代の頃からすでにこんな調子だったのか。

「だけど女神様はすぐにいなくなっちゃって。ほんとにがっかりしました」

逆算すると、今からおよそ三十五年前だ。母が東京に出る直前にあたる。

「こんなことなら話しかけとけばよかったって、ずいぶん後悔したんだよなあ。中学生のときはシャイだったから、なかなか勇気が出なくて。もったいないことをした」

シャイという言葉がこれほど似合わないひとも珍しい。黙っているわたしに向かって、光山はしみじみと続けた。

「まためぐり逢えるなんて、夢にも思わなかった」

「……また？」

光山が勢いよくうなずいて、わたしを見た。

「あのパーティーで紫さんを見かけたときは、本当にびっくりした。タイムスリップしたかと思った」

それも、言いすぎだ。わたしは母よりも父に似ている。子どもの頃はそれがとても不服で、よく父に文句を言った。言われた父は父で、わたしに負けず劣らず不服そうにしていた。

「似てないですよ」

軽く受け流そうとしたわたしを見据えたまま、光山は言い募る。

「運命って言葉は、わざとらしくてあんまり好きじゃないんだけど」

またまた、言いすぎだろう。運命なんて、おおげさな。言い返す言葉はいくつも浮かんでくるのに、喉の途中で固まってしまう。声が出ないだけじゃなく、体も動かない。

「でも」

光山が少し身を乗り出した。

「縁みたいなものって、やっぱりあるのかもしれない」

体中の力をかき集め、わたしはシートから立ちあがった。デッキシューズをつっかけようとして、よろけて芝生に足をついてしまった。ソックス越しに、頼りなくやわらかい草の感触が伝わった。

「どうしました？　大丈夫ですか？」

背後から気遣わしげな声が追いかけてくる。わたしは振り向かずに、あてもなく野原を歩きはじめた。

まったく大丈夫じゃない。なんだかまずい展開になっている。

薄暗い林の奥のほうで、鳥が鳴いている。ひよひよとかぼそい声が、なんともいえず心細げに響いてくる。

レンゲとシロツメクサのささやかな花束を、ふやまちのオーナーはとても気に入ってくれた。

「地味なんが、かえってしゃれてるよなあ。なんやろ、ヨーロッパの片田舎ふう？」

フランスのデッドストックだという小さなコップにさっそく花を挿し、カウンターに飾って、満足げにうなずいている。素朴な花々とくすんだガラスは確かによく合っている。

「よかったです」

わたしは言った。花束を喜んでもらえてよかった。それから、営業時間外にもかかわらずあたたかく迎え入れてもらえて、よかった。

ふやまちは夜七時に開店する。今はまだ五時にもなっていない。

「すみません、こんな時間に」

「全然かまへんよ。そういうお客さん、わりと来はるし。腹へったからなんや食わせろとか、喉かわいたからはよ飲ませろとか」

わたしは空腹でも喉がかわいていたわけでもなかった。ただ、ひとりで家に帰る前に、無性に誰か知っているひとの顔を見たくなった。それで、三条でバスを降りた後、麩屋町通へまっすぐ足が向いたのだった。

路地の入口に看板はまだ出ていなかった。半ばあきらめつつ引き戸に手をかけてみたところ、鍵はかかっていなかった。流しで洗いものをしていたオーナーは、どないしたん、と目をまるくした。

「まあせっかくやし、ゆっくりしてって」

　オーナーが何枚かの皿を手に厨房へとひっこむと、店内は静かになった。お客さんたちが肩をくっつけあって狭いカウンターに並んでいる夜とは、全然違う。話し声や食器の音や食事のにおいがしないというだけじゃなく、雰囲気そのものが同じ場所とは思えない。たとえば平日の夜ふけなんかに、たまたま客足がとだえるときもあるけれど、この静けさはまた別ものだ。ふやまちにしてもうちの店にしても、店という場所では、どういうわけか営業がはじまるなり空気の質ががらっと変わる。

「で、どうやったん？　デートは」

　戻ってきたオーナーは小さな野の花とわたしを交互に見比べ、本題に入った。

「デートじゃなくて野草摘みです」

　訂正したものの、それ以上なにを言ったらいいのかよくわからなくなった。口をつぐみ、シロツメクサにふれる。白く清潔な細長い花びらは、このかたちのまま大きくすれば、使い勝手のいい小皿になりそうだ。梅干や漬物をのせてもいいし、お刺身の醬油皿にもできる。

「それにしたって、よう大原まで行きはったな。出不精の紫ちゃんをその気にさせるなんてさすがやわ」

　オーナーはうれしそうに言う。

「なああ、なんて誘われたん？」

「いや別に、誘われたっていうほどでも……」

そんな甘やかな感じではなかった。いつのまにか、一緒に行くことに決まっていた。

「もう、そないもったいぶらんと、教えて下さいよ。今後の参考にもさせてもらうし」

オーナーはわざとらしく両手を合わせ、わたしを拝んでみせた。

「忘れもの？」

「忘れものを返してもらうことになったんです」

オーナーが飛びついた。エプロンで手を拭き拭きカウンターの外へ出てきて、わたしの隣に腰かける。

「それって、前にも会《お》うとったってこと？　聞いてへんわ。ひとっことも聞いてまへんわ。ちゃんと説明してもらわな困るわ」

用事があったから会ったのだと弁明したつもりだったのに、逆効果だったらしい。

「水くさいなあ、紫ちゃん。あのパーティーって、そもそも誰が誘ったんやっけ？　いうたら、仲人みたいなもんやろ？」

「いえ、隠してたわけじゃ」

「ふうん。ほな、ええけど。それで、大原でおしのびデートってわけやね。楽しそうでなによりやないの」

「だから、デートじゃなくて野草摘みです」

わたしは辛抱強く訂正した。十一時集合、四時半解散、アルコールはなし。ごく健全な初夏の遠足だ。

「まあ確かに、あの先生にしては健康的やな。夜に用事でも入ってはったんやろか」

「さあ。そうかもしれないですね」

なるべく自然に聞こえるように注意しながら、わたしも首をかしげてみせた。

実のところ、誘われはしたのだった。昼食の後に野草をたっぷり摘み、再び立ち寄った屋敷の広間で、光山は切り出した。

「晩めしはどうしましょうね」

話している間も、戦利品をせっせと選り分ける手は休めなかった。

「昼が適当だったから、なにかちゃんとしたものがいいかな。食べたいものとか、ありますか」

「別に、なんでも……」

答えかけた声がなんだか甘ったるく聞こえて、わたしは口をつぐんだ。唐突に恥ずかしくなったのだ。さっきの花畑でも覚えた危機感が、よみがえっていた。

た。

「すみません」

わたしは腰を浮かせた。きょとんとしてこちらを見上げている光山に、早口でまくしたてた。

「実は、ちょっと用があって。そろそろお暇《いとま》しないと」

申し訳ないですが、お先に失礼してもいいでしょうか。いえいえ、いいんです、わたしにはどうぞおかまいなく。大丈夫です、道はもうわかりますから。

要は、逃げたのだ。

光山は無理にわたしをひきとめようとはしなかった。それは残念、とあっさりひきさがり、再び手もとに目を落とした。どちらかといえば、わたしよりも草花のほうに関心が向いているようだった。

「まあ、また次の機会もあるやろ」

オーナーが優しく言って、わたしの背中をぽんぽんとたたいた。励まされても困る。次の機会なんかいらない。

「しゃあないよ、あないに忙しくしてはるんやし。せっかくやから、うちにも来てもろたらよかったけどな」

いやだ。絶対にいやだ。

「ほな、見せてもらおか」

オーナーがわたしの背から手のひらを離し、ぱん、と両手を打った。

「は？」

「せやから、先生が届けてくれはった忘れもの。今、持ってるやろ？　直接ここに来たんやろ？」

「それが……」

わたしが口ごもると、オーナーは眉根を寄せて口もとに手をやった。

「もしかして、他人に見せられへんもんとか？　うわ、やらし」

「違いますよ」

あわてて否定した。とんでもない想像力だ。

「返してもらわなかったんです。結局」

光山とは、屋敷の玄関で別れた。バス停まで送ってくれるというのは固辞した。別れ際、わたしが頭を下げると、光山はおもむろに袂からハンカチを出した。紫は記憶よりも心もち濃かった。

わたしは手のひらを差し出した。光山はハンカチをじっと見て、次にわたしの手を見て、それから顔へと視線を移した。

「やっぱり、もう少し預からせて下さい。また次の機会に返します」

次の機会って、一体いつなんだろう。

戸惑いながらも、わたしはとりあえずうなずいた。早くその場を立ち去りたかったし、架空の用事を捏造《ねつぞう》した負い目もあった。それに、「次」があるかどうかは、わたしが自分で決められるはずだ。

「なるほどね。そうやってひっぱらはるわけや」

オーナーがうなった。

「華麗なテクニックやな。さすがプロ」

プロって、なんの？　疑問が頭をかすめ、でもそれを口に出してしまったらオーナーの思う壺だという気もして、わたしはしかたなく別のことを言った。

「ビール下さい」

「はいはい」

オーナーがカウンターの内側に戻った。グラスを取ってサーバーに手を伸ばし、ビールを注ぎ終えると、しかしまたすぐに外へ出てきてスツールにおさまった。

「で、次はどこ行くんよ？」

「知らないです。次なんかないかも」

言い返し、ビールをひと口あおって、あらためてつけ加えた。

「なんの約束もしてませんし」

「なに照れてんの。紫ちゃんらしくないやん」

オーナーはにやにや笑っている。

「ほな、ええこと教えたげよか」

店の中にはわたしたちふたりの他に誰もいないのに、思わせぶりに声を落とした。

「先生、そうとう紫ちゃんのこと気に入ってはるで。前から思てたけど、もう間違いあらへん」

「誰にでもああいう感じなんですよ」

「誰にでもってことあらへんよ」

オーナーが鼻息荒く反論する。

「先生、仕事に関しては厳しいし。材料集めいうたら、染めの基礎の基礎やろ。肝心のとこやないの。そない大事な場所まで連れていきはるって、明らかに特別扱いやろ？」

「わかりました、わかりました。誰にでも、っていうのは言いすぎたかもしれないです」

わたしは手を振ってさえぎった。

「だけど、わたしひとりってことでもないかと」

「あ、やっぱりそこは気になる？」

オーナーがまた、にんまりと含み笑いをした。水をさしたつもりだったのに、通じなかったらしい。

「別にそういうわけじゃ……」

「そら気になるわな、女の子やもんな」

話せば話すほど、どうも深みにはまっていく。うまくかわしきれないのは、昼間の遠出で疲れているせいだろうか。もはや話題をそらすのはあきらめて、別の角度から反撃を試みることにした。

「だけど、彼女がいるみたいでしたよ」

「彼女？」

オーナーが顔をしかめた。この一撃は、効いたようだ。

「ほんまに？」

「はい。工房で会いました」

あのとき事務所に入ってきたのは、小柄な女性だった。ベージュのサマーニットに麻らしき素材の黒いワイドパンツを合わせ、片手にスーパーマーケットの名前が入った白いビニール袋をぶらさげていた。ソファのところまでやってきてわたしを見下ろし、こんにちは、と微笑んだ。

　オーナーは一転して難しい顔になり、腕を組んだ。

「どんなひと？」

　ひとことで説明するのは、難しい。わたしよりも少し年上に見えた。くせ毛なのかパーマなのか、ゆるくウェーブのかかったショートヘアに、白い肌と栗色の大きな瞳が印象的だった。首もとで真珠のペンダントが揺れていた。

　感じたのは、余裕だった。服装にも化粧にも髪型にもきちんとお金と手間がかけられているのが、あまりそういう方面に詳しくないわたしにさえ、よくわかった。いろいろな意味で恵まれている女性だけが手に入れられる類のゆとりを、彼女は全身にまとっていた。

　ただ、わたしに向けた笑顔だけは、やや雰囲気が違った。洗練されたおとなの女性のそれというよりも、少女のようにあどけなかった。まるで昔からの友達に出会ったみたいに、彼女は無防備にふわりと笑ったのだ。わたしは立ちあがり、おじゃましましたと一礼して、いちもくさんにドアへと向かった。

「きれいなひとでした」

　言葉を選んで、わたしは答えた。ひとなつこいようで、どこかとらえどころのない、不思議な存在感を持ったひとだった。つまり、光山とどこか似ていた。

宵山

それからひと月ほど、光山からの連絡はふっつりととだえた。

むろん、だからといって、なにか不都合があるわけではない。まったくない。わたしは毎日店を開け、器を夏に向けて並べ替え、休みの日には本を読んだり、御苑や鴨川を散歩したりして過ごした。ふやまちにもときどき顔を出した。たいがいはひとりで、たまにブライアンとふたりで、オーナーと世間話をかわした。日が長くなるにつれて気温も湿度も上がって、仕事帰りのビールがぐんぐんおいしくなっていく。

なんの不都合もない平凡な日々に、それでも光山のことを何度となく思い出していたのは、電話のせいだ。

店と家を合わせて日に数回は、電話が鳴る。それが、よくない。呼び出し音を耳にするたびに、なぜかまず反射的に浮かぶのが、あの歌うようなしゃがれ声なのだ。受話器の向こうから届くのは、しかし予期していた声とは毎回違った。母の世間話やら顧客の問いあわせやら卸問屋からの発送の連絡やらを聞きつつ、わたしは詰めていた息をそろそろと吐く。

しかも、光山を意識しているのは、わたしだけではなかった。ふやまちに行けば、先生とはどない、と必ずオーナーが声をかけてくる。事の次第を聞かされたらしいブライアンにも、あいつはなんか言ってきたの、と会うたびにたずねられた。音沙汰がないと正直に答えても、ふたりともなかなか信じてくれない。

連絡はくるはずだ。くるはずなのに、なぜかこない。その前提で何度も質問を繰り返されているうちに、いつのまにかわたしまで洗脳されてしまったのかもしれない。どうして連絡がないんだろう、と気づけば考えている。なんの約束をしたわけでもない。会ったのもまだ数度きりに過ぎない。しばらく電話がかかってこなくても、別になにも不自然ではないのに。

留守番電話も気にするようになった。店にいないときでも電話は自宅に転送されるので、基本的には問題ない。ただし、外出していたり、お風呂に入っていたり、出られないときももちろんある。家の古い黒電話に留守電機能はついていないから、確実にメッセージを受けるには、転送をいったん解除し、店の留守番電話のほうにつながるようにしておかなければいけない。いちいち設定を切り替えるなんて、今までは面倒くさくてめったにやらなかった。急ぎの用ならもう一度かけてくるだろうとたかをくくっていた。

そうして万全を期しているはずでも、やはり家を離れると落ち着かない。休みの日に鴨川へ散歩に出てみても、二条から河原に下りて荒神橋にさしかかったあたりで早くもそわそわしてしまう。気をまぎらわせようと、目的もなく出町柳まで北上して桝形《ますがた》商店街をぶらつき、評判の和菓子屋で豆餅の行列に並び、ついでに一乗寺の古本屋まで足を延ばす。けれど情けないことに、それでごまかしとおせることはほとんどなかった。さんざん回り道をした挙句に、結局は店に寄って留守番電話を確かめるはめになる。メッセージが残されていることはまずなかった。そう長々と外出するわけではない。一日を通してほとんどの時間は店か家にいて、電話に出られる状態なのだ。

おとなしく家にひき返すのは癪だし、かといって店に長居するのも気が進まず、つい、ふやまちに寄る。カウンターに腰を落ち着け、景気づけにビールをあおったところで、またもや不安が頭をよぎる。さっきいじった留守番電話は切りっぱなしになっていないだろうか。申し訳程度につまみを頼んでそそくさと食べ終え、また店へ向かう。留守電はばっちり作動している。メッセージは相変わらず入っていない。わたしは電話の前でうなだれる。

常連の予備校講師に声をかけられたのは、六月も半ばを過ぎた、雨の月曜日のことだった。他に誰もいなかったからか、彼女はいつになく時間をかけて品物を見て回っていた。わたしは最初にいらっしゃいませと挨拶した後は、レジ台の内側にひかえていた。

ふと気づいたら、レジ台を挟んで正面に彼女が立っていた。

「店長さん、大丈夫ですか？」

おずおずと聞かれて、びっくりした。彼女はもじもじしながら続けた。

「あの、さっきから、話しかけてもぼうっとしてらっしゃるから」

「失礼しました。申し訳ありません」

わたしはあわてて謝った。まったく気づいていなかった。

「電話ですか？」

「は？」

声が裏返った。彼女はわたしと電話機を見比べている。

「いえ、電話をじっと見ておられたので。なにか大事な連絡でも……？」

言葉の途中で、気まずそうに口をつぐむ。世間話の範疇《はんちゅう》を超える質問を、悔いたようだった。

なんでもないです、とわたしは答えようとした。ご心配をおかけしてしまってすみません、くらいは言い添えるべきだった。それなのに、なぜか口走っていた。

「電話がかかってこないんです」

彼女が驚いた顔でわたしを見た。わたしも驚いていた。その後もふたりそろって、口を開いたり閉じたりした。

先に言葉を発したのは、彼女のほうだった。

「じゃあ、こっちからかけたらいいんじゃないですか？」

きまじめな顔で、言う。「かかってこない」のが、誰からのどんな電話なのかはたずねなかった。もしかしたらたずねかけていたのかもしれないが、ちょうどそのとき、背後でちりんと鐘が鳴った。

他のお客さんが入ってくると、彼女は瞬時にいつもの彼女に戻った。手に持っていた、青っぽいガラス製の夏らしい小鉢をふたつ、レジ台に並べる。

「これ、下さい」

小鉢の包みが入った紙袋を大事に抱えて、彼女は静かに帰っていった。


次の日は珍しく晴れた。

店の休みと梅雨の晴れ間が重なるのは、ひさしぶりだった。手早く洗濯ものを干してから、家中の窓と襖を開け放し、物入れにしまってある年代物の掃除機をひっぱり出した。ついでに、掃除機に負けず劣らず古いラジカセも出してくる。

音楽をかけながら家の掃除をするという習慣を、わたしは母から受け継いだ。曲は必ずバッハと決まっていた。あんまりうきうきするような音楽だと雑になるから、というのが母の言い分だった。それならわざわざ音楽をかけなくてもよさそうなものだが、音楽がないと気がめいるという。母は掃除がきらいなのだ。らららららら、るーるーるーらーる、らるらるるらら、らーるーらーるーる。でたらめなハミングに合わせ、のんびりと手を動かしていた。確かに、バッハは掃除に合うといえば合う。部屋の端から端まで掃除機をかけるとか、台所のタイルをひとつひとつ磨いていくとか、そういう単調な作業をこなすときに、ベートーベンの交響曲は仰々しすぎるし、ショパンのワルツは抒情的すぎる。

畳に膝をつき、ラジオのチャンネルをいじる。カセットテープも聞ける、もはや骨董品といってもいい型だけれど、一応ちゃんと動く。このラジカセを、祖母も使っていた。祖母もまた音楽を聞きながら掃除をするというのは、ここへ越してきてはじめて知った。テレビも音楽プレイヤーもないこのうちで、音楽が流れるのは掃除のときくらいだった。祖母は早起きだったから、大学生だったわたしがまだ二階で寝ているうちに、階下から渋い演歌と掃除機の音がまじりあって聞こえてきたものだ。目が覚めて、一瞬、自分がどこにいるのかわからなくなった。

勤勉で実直な祖母と、自由気ままで無邪気な母、似ていない母娘だと常々思っていたのに、意外な共通項が見つかったことになる。母はあまり祖母の話をしなかった。祖母だけではない。祖父の話も、京都の話も。母は胸の中に過去というラベルの貼られたひきだしを持っている。いったんそこに放りこんでしまったものを、思い直して拾いあげたりはしない。そこもまた、母と祖母は似ていたかもしれない。過ぎたことは過ぎたこと、と潔く割りきってしまうようなところ。だからこそ、互いに疎遠になってしまったのだろう。

娘であるわたしもそうすべきだと、母は考えているふしがある。直接言ってくることもある。いつまでも京都にいたって、前に進めないよ。どこにも行けないんだよ。まだ若いんだから、別の場所で新しい生活をはじめたらいいのに。

わたしのほうは、別に思い出をひきずっているつもりも、過去にとらわれているつもりもない。五年も経てばさすがに祖父母の不在にも慣れたし、なにがなんでも店を守ろうとこだわっているわけでもない。わたしはわたしの意思でどこにでも行ける。行こうとさえ思えば。ただ、今はその気にならないだけだ。

わたしにはわたしの、ペースがある。新しい刺激には欠けていても、自分の思うままに過ごせる自由で穏やかな毎日に、満足している。

女性歌手のラブソングを流している地元のＦＭ局にチャンネルを合わせ、音量を上げてから、掃除機のスイッチを入れた。窓から吹きこんでくる乾いた風が、家の中にこもった空気をかき回していく。甘い歌声にのせて掃除機をかけていくうちに、気分もすっきりしてきた。玄関、廊下、台所、寝室、と順に進み、最後に居間の和室に戻った。掃除機を止め、散らかった卓袱台《ちゃぶだい》の前に座って、雑多な郵便物を必要なものとそうでないものに選り分ける。捨てるものは右、捨てないものを左に重ねていく。宅配ピザのチラシ、公共料金の通知票、ダイレクトメール、右の山ばかりが高くなった。

一番下から出てきた絵はがきも、危うく右に置きかけた。手が止まったのは、表の白黒写真にどこか見覚えがあったからだ。素焼きらしい大小の器がいくつか並んでいる。裏を返すと、下半分に簡単な地図と住所、そして日にちと時間が記されていた。

だいぶ前にふやまちのオーナーからもらった、個展の案内だった。つきだしの枝豆だったか、箸休めの漬物だったか、小さな一品が盛られていた器をわたしがほめたところ、その作者の陶芸家がちょうど個展をやる予定だと教えてくれたのだ。ほろ酔いで帰ってきて卓袱台の上にはがきを置いたきり、そのまま他の郵便物にまぎれてしまっていたのだろう。日程をよく見たら、今日がちょうど最終日だった。夕方の五時まで、作家のアトリエが会場になっている。天気もいいし、近ければ午後にでものぞいてみようかと思いながら、あらためて住所を確かめた。

アトリエの場所は、西陣だった。

はがきを手に、わたしは立ちあがった。押入れを開け、目についたワンピースを頭からかぶった。小さな手さげかばんにはがきと財布だけを入れて、玄関に向かう。

たまたまだ。会場が西陣だというのは関係ない。今日までで終わってしまう個展を、たまたま今日思い出した。せっかくだから出かけてみる。それだけだ。西陣は近所というわけではないが、足を延ばすのをためらうほど遠くもない。

西陣に行ったからといって、もちろん光山の工房を訪ねるつもりはない。電話をかけるのも躊躇《ちゅうちょ》したのに、わざわざ訪ねていくなんてありえない。

かけてみたら、とお客さんに言われていったんその気にもなりかけたものの、冷静になってみれば、わたしは光山の個人的な連絡先を知らなかった。電話番号も、メールアドレスも。もっとも光山のほうも、わたしの連絡先は注文票に書き入れた店の電話番号しか知らないはずなので、たいして違いはない。

市役所の前からバスに乗って、堀川今出川の交差点で降り、はがきの地図を頼りに足を進めた。平日の昼間だからか、きれいにととのえられた石畳の道に人通りは少ない。雨あがりの空気は気持ちよく澄んでいる。

水彩画ふうの、簡略化されたおしゃれな地図は、あまり役に立たなかった。少なくとも、西陣の地理に詳しくないわたしには、わかりにくすぎた。五分ほどで、地図と周囲の様子がどうしても合わなくなり、わたしははがきをかばんに戻して歩きはじめた。

四つ辻を過ぎ、細い路地を抜け、袋小路にぶつかってひき返す。ブロック塀の上から、まるまると太った三毛猫がこちらをにらみつけている。あてずっぽうに進んでいくうちに、道幅はどんどん狭くなってきた。家々の塀に挟まれた小路は、今やおとなひとりがやっと通れるくらいの余裕しかない。すれ違えるか心配になるくらいだけれど、幸い誰も通りかからない。道端に咲き乱れているあじさいの下に、子ども用の自転車が打ち捨てられていた。見知らぬ場所なのに、なぜかなつかしいような感じがした。

さびた自転車の、横倒しになったタイヤをまたいだとき、すっと冷たいものが首筋をなぞった。

わたしは飛びあがった。ひ、と声も出た。おそるおそる、周りを見回してみる。しんとしている。

頭上にせり出している庭木から、葉にたまった雨粒が落ちてきたようだった。さっきの猫がわたしの横をすり抜けて小路の先に駆けていく。さすがにそろそろ広い道に戻ったほうがいい気がしてきて、わたしは少しだけ足を速めた。

猫の後を追いかけて角を曲がると、だしぬけに視界が開けた。つきあたったのは、見覚えのある通りだった。いや、見覚えがあるのは、通りではない。建物だった。辻猿工房、と看板が出ている。

閉ざされた入口の前で、わたしは立ちつくした。

どのくらいそうしていただろう。突然、忘れかけていた本来の目的を思い出した。個展だ。個展を見にきたのだ。思い出したらにわかに気が急いてきた。あせってかばんからひっぱり出したはがきは、雑につっこんだせいで角が折れ、いかにもくたびれていた。頼りにならない地図でも、今はこれしかすがれるものがない。どこかに目印はないかと周りを見回したとき、がたんと音がした。

踵を返そうとしたのに、足が動かなかった。がらがらとにぎやかな音とともに、目の前で引き戸が開いた。

女のひとが、立っていた。あのひとだった。つったっているわたしを見ても動じずに、前と同じ、ふんわりと花が開くような微笑みを浮かべた。

「いらっしゃい」

と彼女は言った。

三人、というのは微妙な人数だと思う。

店を訪れる女性客――中年のおばさんでも女子高生でも――を見てもそう感じるし、振り返ってみれば、子どものときの友達どうしもそうだった。ふたりや四人だとうまくいくのに、三人になったとたんにぎくしゃくする。バランスを取るのが難しいのだ。同性に限らず、女ひとりに男ふたりも、男ひとりに女ふたりも、やっぱりなんとなく安定しない。

もっとも、それぞれの距離が等しければ問題ない。たとえば全員が初対面だったりして、一対一対一の等間隔で正三角形を描けるようなときは、わかりやすい。それから、各人の立場が定まっている場合も、話はそうややこしくならない。カップルとその共通の友達とか、兄弟を連れた母親とかなら、三角形は三角形でも、二等辺三角形がかたちづくられる。要は、ふたり対ひとりの関係だ。父母とわたし。祖父母とわたし。ふやまちで、わたしとブライアンがカウンター越しにオーナーと喋っているとき。はじめて光山が店へやってきたときも、わたしとブライアンのふたりが、光山ひとりと対峙《たいじ》した。

そして、精神的な距離が物理的な配置に投影されることも、ままある。車に乗るとき、ひとつのテーブルを囲むとき、席順はしばしば集まっている人々の関係によって決まる。いわば、三角形が目に見えるかたちで出現するのだ。

辻猿工房の事務所には、ふたりがけのソファがふたつ、ガラスでできた低いテーブルを挟んで向かいあっている。

光山が奥に座り、その向かいにわたしが腰かけると、彼女が三人分の冷たいお茶をお盆にのせて運んできた。真っ白な大きめのシャツに、細身のジーンズをはき、足もとは赤い革のサンダルを合わせている。シャツの袖はひじの下まで無造作にたくしあげられ、そこからのぞいた華奢な手首には、細い金のバングルがはまっていた。

彼女はひとつめのグラスをわたしの前に、ふたつめを光山の前に置き、それから最後のひとつを手にとって、自分も座った。光山ではなく、わたしの隣に。

「前にも一度、お目にかかりましたよね」

体ごとわたしのほうに向いて、にこやかに話しかけてくる。

「ええと、お名前は……」

「紫さんだよ」

面食らっているわたしのかわりに、光山が口を挟んだ。特に面食らっている様子はない。いつものとおり、小憎らしいくらいに、泰然と落ち着いている。

「ごめんなさい。近頃、もの忘れが多くって」

彼女が恥ずかしそうに口もとへ手をやった。手首のバングルが揺れた。少しだけ緊張が和らいで、わたしは言ってみた。

「藤代《ふじよ》さん、ですよね」

わたしのほうは、忘れていなかった。この間会ったとき、姓ではなく下の名前で、自己紹介されたのだった。

藤代です。藤色の藤に、君が代の代。藤代さんが口にしたのはそれだけだった。光山との関係は、はっきり聞いていない。ふやまちのオーナーに恋人だと言ったのは、わたしの想像というか推測だ。

「ええ。覚えていて下さって、ありがとう」

藤代さんが笑顔になった。わたしは冷たいグラスを手に、さりげなくふたりを見比べた。

恋人だという確証は、ない。でも、まったく見当はずれというわけでもないと思う。ふたりの間に流れる、この緊密だが和やかな空気が、つきあいの濃さを示している。ただし、どういうわけか、夫婦には見えない。恋人か、親友か、仕事仲間か——。

「工房を手伝ってもらってるんですよ」

わたしの考えを見透かしたかのように、光山がいたずらっぽく言った。

「藤代は目がいいんです。ほんのちょっとした色の違いも見逃さない。僕なんか、とてもとてもかなわない」

「またそんな、適当なことを言っちゃって」

藤代さんが涼しい顔でさえぎった。

「いつも、わたしの言うことなんかほとんど聞いてくれないんですよ」

「最近は、どうも目に自信がなくなってきてね。いい色が出たと思っても、次の日にもう一回見たら全然だめだったりするから」

光山がわたしを見て肩をすくめる。たたみかけるように、

「年ですよねえ？　ちゃんとめがねをかけたらいいのに」

と藤代さんがわたしに同意を求めた。

わたしは曖昧に笑い、お茶をすすった。いたたまれなかった。藤代さんも光山も、話題にしている相手には目もくれない。ひたすらわたしのほうばかりを向いて話しかけてくる。気を遣ってくれているのだ。

「そういえば、今日はどうしてこちらに？」

藤代さんが思いついたようにたずねた。

「ええと、ちょうど近くで用事があって」

急に水を向けられて、わたしはあたふたと答えた。

「展覧会を見にきたんです」

言い足したのは、近くで用事、というあやふやな表現が、なんだか言い訳めいて聞こえそうに思えたからだった。実際には、藤代さんと遭遇した時点で、当初の目的は頭から吹き飛んでしまっていた。

「京都出身の、陶芸家の個展です。そのひとのお皿を知りあいのお店でたまたま見せてもらったことがあって、前から気になってたんです。もしかしたら、うちでも扱えるようなもの

もあるかもしれないですし……」

詳しく説明しはじめたら、今度はくどすぎる気がしてきた。話をやめたわたしに、藤代さんがうなずいてみせた。

「ああ、食器屋さんをなさってるんですよね」

「はい」

わたしはちらりと光山を見やった。会話をちゃんと聞いているのかいないのか、そしらぬ顔でお茶をごくごく飲んでいる。

工房で鉢あわせしてしまった日、わたしが逃げるように帰った後で、当然、光山から藤代さんに対してなにかしらの説明があったはずだ。だけど、一体なにをどのくらい話しているのかは見当もつかない。パーティーで出会い、言葉をかわしたこと？　後日、手ぬぐいを届けがてらうちの店まで訪ねてきたこと？　ひょっとして、一緒に大原へ出かけたことも知ってるんだろうか？

気を散らしていたせいで、藤代さんの質問を聞き逃してしまった。

「なんてお名前ですか？」

「はい？」

「その、個展をやってらっしゃる陶芸家の方。お名前は、なんて？」

意味を理解するまでに数秒かかった。

「ああ、名前ですか」

答えようとして、口ごもる。名前なんか覚えていない。以前から注目していた、ともっともらしく語っておきながら。わたしはごそごそとかばんを探り、よれよれのはがきを取り出した。

「ああ、彼なの」

藤代さんがはずんだ声を上げた。本人を知っているらしい。

「個展、やってるんだ。知らなかった。見にいってあげなきゃ」

「そうだな」

光山がはじめて藤代さんに直接答えた。共通の知りあいなのだろうか。

「前に一度、会ったことがあって」

藤代さんがわたしに補足した。光山も再びこちらに向き直る。

「お客さんに紹介されてね。やたらと元気な子だったな」

「営業マンから脱サラして、陶芸をはじめたらしいんですよ。とっても礼儀正しくて、大声で挨拶なんかしてくれて、いい意味で陶芸家って感じがしないの」

藤代さんはくすくす思い出し笑いをしている。

「個展ができるようになるなんて、がんばってるんだなあ。あいつ、一時期はけっこう悩んでたみたいだったのに、つきぬけたんだな」

「ちょっと心配だったけど、順調みたいでよかったわ。プロの食器屋さんに見てもらえたら、きっと喜びますよ」

遠縁の子どもについて、あるいは学生時代の後輩について話しているかのような、親しみのこもった口ぶりだった。

聞いているうちに、ふと気がついた。彼とわたしは、同じだ。光山と藤代さんの、共通の知りあい。今日からわたしも、その一員になったんだ。

「すみません、そろそろ行かないと」

わたしは勢いをつけてソファから立ちあがった。光山たちが話をやめ、ぽかんとしてこちらを見上げた。

「おじゃましました。お茶もごちそうさまでした」

唐突ないとまごいではあるものの、きちんとお礼を言えた分、挨拶もそこそこに別れてしまった前回よりは多少ましだろう。その後の行き先も決まっている。少なくとも、そう見えてはいるはずだ。個展に行く気はすっかり失せているけれど、どうするかはここを出てから考えればいい。

「下までお送りしますよ」

「いえいえ、いいです。ここで失礼します」

立ちあがろうとするふたりを手で制した。必要以上にぺこぺこ頭を下げながら、中途半端な横歩きで戸口ににじり寄る。

「また、いつでもいらして下さいね」

ドアを閉めようとしたとき、藤代さんの声が追いかけてきた。返事はせずに、わたしは薄暗い階段を下りはじめた。


翌日はまた、重苦しい梅雨空だった。

しとしとと霧雨の降る夕方、客足がとだえた閉店間際に、ブライアンがぶらりと現れた。傘をたたみ、中央の丸テーブルまでやってきて、商品を並べていたわたしの手もとに目を向けた。

「ああ、もうそんな季節か」

七月いっぱいかけてとりおこなわれる祇園祭の風景が描かれた食器は、この季節の定番商品だ。観光客によく売れる。中でも人気のある、山車《だし》をかたどった箸置きをひとつ、ブライアンはつまみあげた。

「山鉾《やまほこ》ですね。よくできてるな」

京都に来て一年目の夏、山鉾、という言葉を聞いたとき、はじめはなんのことだか見当がつかなかった。

「山」も「鉾」も山車の一種だが、それぞれ違った特徴がある。「山」は屋根の上に松の木をいただき、「鉾」のほうはかわりに文字どおり鉾がついているのだ。松の木や鉾には疫病神を祓う意味あいがこめられているという。祭のハイライトである山鉾巡行では、さまざまなかたちの山と鉾が一列になって、京都の街を優雅に行進する。車輪で転がす大きなものも、人間がかついで歩けそうな、比較的小ぶりなものもある。

「これもいいけど、やっぱり実物を見たいな」

鉾のかたちをした箸置きを、ブライアンはわたしの目の前にかざした。

「宵山《よいやま》、行きませんか？」

最も脚光を浴びるのは山鉾巡行だけれど、その前夜にあたる宵山、さらにもう一日前の宵々山あたりも人出は多い。宵、という名のとおり夕方から、四条通が歩行者天国になって出店も並び、たくさんの人々が訪れる。東京にも大小の神社があって、夏祭の時期は夜店や催しものでにぎわうが、宵山ほど大規模なものはなかなかないだろう。

「でもお店が」

「十六日は、休みでしょう？」

ブライアンがうきうきした口調でさえぎった。

「だけど、宵山って混んでるから」

言い訳はあきらめ、正直に言った。ひとの多い場所は苦手なのだ。

「それはそうだけど、混んでないお祭なんてさびしいよ。ユカちゃん、元気ないみたいだし、気分転換したほうがいいと思うな」

「気分転換」

わたしは繰り返した。元気がないというか、なんとなくだるいのだ。もうじき七月、夏休みの観光シーズンでわずかながらお客さんも増える稼ぎどきだというのに、どうも力がわかない。

「もしかして、なにかあった？」

ブライアンがわたしの顔をのぞきこんだ。

「別になにも」

即答し、わたしは返してもらった箸置きを置き直した。位置がうまく定まらなくて、何回もずらす。

「ほんとに？」

本当だ。なんにもない。

「ほんとに」

言いきった瞬間に、ブライアンは正しいのかもしれない、とふっと思った。なんにもないこの毎日には、確かに気分転換が必要なのかもしれない。

「わかりました。じゃあ、ちょっとだけ」

わたしが答えると、ええっ、とブライアンはすっとんきょうな声を出した。

「うそ、ほんと？」

自分で誘っておいてなにを驚いているのか、釈然としない気分になったわたしをよそに、ブライアンはなぜか胸を張ってみせた。

「絶対断られると思ったんだ。でもよかった、くじけないで。石の上にも三年、だな」

頬を上気させ、得意のことわざを並べはじめる。

「雨だれ石を穿つ。待てば海路の日和あり。七転び八起き……」

そういえば去年も仕事を理由に断ったのだったと、わたしはうっすら思い出した。

夕暮れどきの四条河原町は、尋常でなく混んでいる。

ただ混雑しているというだけなら、別に珍しいことではない。四条河原町は京都の繁華街の中心といっていい。四条通と河原町通のアーケードがまじわる交差点は、一年を通して常ににぎわっている。特にこの時間帯には、車道はバスや乗用車で渋滞し、歩道は老若男女であふれ返っている。

でも今は、歩道だけでなく車道までもが、人間に占拠されている。

ぎらぎらと照りつけていた太陽の名残で、まだ蒸し暑い。盆地の底に、ねっとりと肌にまとわりつくような熱気がうずくまっている。朝からよく晴れたのは、ブライアンの祈りが通じたからかもしれない。ここひと月、うっとうしい天気の中を足繁く店にやってきては、天気予報の結果に一喜一憂し、最後にはてるてる坊主まで作ってレジの横にぶらさげようとしていた。

「やまない雨はない。明けない夜もない」

念仏のように唱えているので、本当にことわざが好きだよね、とわたしが半ばあきれているると、心細げだったブライアンはにやりと笑って、ぶさいくなてるてる坊主をなでた。

「これはシェイクスピア。マクベスです」

ようやく少し風がきたと思ったら、ブライアンがぱたぱたとうちわを操ってわたしをあおいでくれていた。ブライアンの背丈だと、肩より上が人ごみから抜けている。腕を伸ばして上からあおぐ分には、周りにぶつかったりじゃまになったりする心配はないようだ。

「ありがとう」

「どういたしまして。浴衣《ゆかた》って、見てる分には涼しそうなのに意外に暑いんだね」

うちわを動かす手は休めずに、ブライアンがこぼす。

「だけど、お祭っていったらやっぱり浴衣だもんな」

大小の花火がいくつも染め抜かれた紺の浴衣を、ブライアンは新調した。花火の柄といっても白一色なので、まるく広がる光の筋が花のようにも水しぶきのようにも見え、渋くて雰囲気がある。ほとんど黒に近い濃紺の地も、ブライアンの白い肌によく映えている。

絶対に浴衣を着てきてよ、とブライアンはわたしにも念を押していた。約束だからね。必死の形相で頼みこまれ、わたしはしぶしぶ承諾した。帯から下駄からなにもかもそろえたブライアンとは違って、手持ちのものを身につければいいのだから、もったいをつけるのも申し訳ない気もした。

あじさいの柄の浴衣は、わたしがまだ大学生のときに祖母が仕立ててくれた。祖父と祖母も同じ柄の色違いを持っていた。祖父が抹茶色、祖母はあずき色、わたしはもちろん紫だ。あじさいの淡いピンクと同じ色の帯も、祖母から譲り受けた。学生のうちは、それこそお祭や花火に出かけるときによく着ていたが、働きはじめてからはそうやって遊びにいく機会は減った。それでも祖父母が生きている間は、ふたりにつきあってときどき身につけていたけれど、ひとりになってからは一度も袖を通していなかった。永らく桐のたんすにしまいこんであったので、ほんのり樟脳《しょうのう》のにおいがする。すごく似合う、これぞナデシコだ、とブライアンはアメリカ人らしく大仰にほめたたえてくれた。

「あ、鉾だ。ユカちゃん、見える？」

ブライアンに言われて、わたしは首を伸ばして前方をのぞいた。まだ距離があるようで、よく見えない。

そのかわり、光が見えた。人々の頭の向こうに、まるいあかりがたくさん揺れている。自然に声がもれた。

「きれいだね」

提灯《ちょうちん》だった。薄闇の中、やわらかい光を四方に投げかけている。背後には四角い建物がそびえている。よくよく目をこらしたら、たまに買いものに来るデパートだった。四条通を西へと歩いていく、というか流されていくうちに、烏丸の手前まで来てしまっていたらしい。見慣れているはずの風景が、今夜はどこか違って見える。

「長刀鉾《なぎなたぼこ》だよ。ほら、てっぺんに刀が」

ブライアンがうれしそうに鉾を指した。近づくにつれて、二階に陣どったお囃子《はやし》の面々や、彼らがかまえている太鼓や笛、側面を飾る豪奢な織物も見えてきた。

「僕は山鉾の中で一番好きだな。なんだか勇ましくてかっこいい。しかも巡行では必ず先頭なんだよ」

よほど愛着があるようで、ブライアンは誇らしげに言った。他の鉾や山は毎年くじびきで順番が決まるものが多いが、長刀鉾は常に一番手だという。行列の先に立ち、立派な刀で災厄を断ちきって、道を切りひらいていく。

「ブライアン、詳しいね」

長刀鉾という名前くらいは知っていたが、それ以外のことは初耳だった。

「いやいや、このくらい常識です」

ブライアンが顔の前で慎ましく手を振った。いかにも日本ふうのしぐさが、浴衣のせいもあってか様になっている。

鉾の真下に着いたとき、コンチキチン、コンチキチン、と独特のリズムが上から降ってきた。ちょうど祇園囃子がはじまったのだ。おそろいの衣裳を身につけた人々が、一心に楽器を奏でている。

下ではおまもりや雑貨を売っている。名物のちまきはすでに売りきれで、ブライアンは肩を落としていた。ちまきそのものがほしかったというよりも、買うと二階に上れるという特典のほうをねらっていたらしい。ただし鉾の上は女人禁制なので、男性だけしか認められない。メンズオンリーって、アメリカだと裁判沙汰になりそうだ、とブライアンはぶつぶつ言っている。

コンチキチン、コンチキチン、と祇園囃子はいよいよ盛りあがってきた。鉾の上は見物客でにぎわっている。小さな男の子も皺くちゃのおじいさんもいる。老いも若きも、心なしか頬を紅潮させて、きょろきょろと下界を見下ろしている。

とんとんと肩をたたかれたのは、そのときだった。振り向くと、見知った顔がふたつ並んでいた。

「こんばんは」

にっこり笑った藤代さんの横に、光山がぴったり寄り添って立っていた。ふたりともよく似た茶色っぽいたてじまの浴衣を身につけている。

「あれ」

わたしに続いて振り返ったブライアンも、声を上げた。

「やあ、先日はどうも」

光山が顔の横で扇子をゆらゆらと動かしつつ、のんびりと言った。藤代さんも軽く会釈する。混んでいるから距離が近いだけなのかもしれないけれど、やっぱり寄り添っているように見える。ブライアンが警戒するように眉をひそめ、わたしの半歩前に出た。

「ええと、ロバートさん？」

「いいえ。ブライアンです」

光山のとぼけた問いかけに、ぴしゃりと答える。緊迫した空気を察しているのかどうか、藤代さんがおっとりと割って入った。

「はじめまして。藤代と申します」

浴衣の襟もとからのぞく首筋が、驚くほど白い。ブライアンは一瞬気勢をそがれたようだったが、またすぐに表情をひきしめ、慇懃《いんぎん》に頭を下げた。

「いつもユカちゃんがお世話になっております」

「いえいえ、こちらこそ」

挨拶をかわすふたりの傍らで、わたしは口を開きそびれていた。この四人の中では、本来わたしが会話の中心となるべきところだろう。ブライアンと藤代さんは初対面だし、光山とブライアンも店ですれ違っただけだ。わかっているのに、声が出てこない。

なんでだろう。われながら、不思議に思う。なんでこんなに、居心地が悪いんだろう。

「なんで？」

横から幼い声が聞こえ、わたしはぎょっとしてそちらを見やった。

ふたりずつ向かいあって立っているわたしたちのすぐ隣に、若い母親と幼稚園くらいの女の子が手をつないで鉾を見上げていた。子どもは金魚の柄の浴衣を着て、赤い兵児帯《へこおび》をしめている。

「なんでなん？　うちも乗りたいよう」

むろん、わたしに向かって話しかけてきたわけではなかった。母親の手をひっぱって、不満げな表情で訴えている。

「しゃあないんよ、そういう決まりやし。お父さんもマサルもすぐ下りてきはるから、ここで一緒に待っとこ」

「マサルばっか、すこいわ。うちやって乗りたいのに……」

女の子は涙声になってきた。説得している母親もくたびれてきたらしく、ため息をもらすだけで返事をしない。ずいぶん若い。少なくともわたしよりは年下だろう。ととのっているがどこかあどけない顔だちも、すらりとした体つきも、子どもがいるようには見えない。

あんまりじろじろと見ているのも気がひけて、わたしは顔を正面に戻した。他の三人も母娘が気になるようで、ちらちらと様子をうかがっている。うっ、うっ、と女の子が本格的にしゃくりあげはじめた。

光山がすいとしゃがんだ。

「泣かないで」

膝を折って目の高さを女の子と合わせ、優しく言った。女の子のほうは、目を見開いてその場に固まっている。通りすがりの見知らぬ男にいきなり話しかけられてびっくりしたのだろう。母親が当惑したように眉を寄せ、娘と光山を見比べた。

「すみません、うるさくって」

子どもの手を放し、かわりに小さな肩に両手をかけて、自分のほうへひき寄せた。女の子はぐずるのも忘れて光山を凝視している。眉間の皺が母娘でそっくりだ。

「いやいや、そんなことありませんよ」

光山はかがんだ体勢のまま、母親をあおぎ見てにこやかに答えると、また女の子に視線を戻した。

「泣かなくていいんだよ」

女の子がびくりと肩を震わせて、けげんそうに光山を見つめ返した。

「本当だよ。ちっとも悲しいことはない。男の子より女の子のほうが、たくさんいいことがあるからね」

光山は女の子の目をのぞきこみ、ゆっくりと言った。

「君みたいな美人ならなおさらだ。約束する。正真正銘、賭けてもいい」

こわばっていた女の子の表情が、少しずつほぐれていく。子どもに理解できるか微妙な語彙もまじっているものの、言いたいことはちゃんと伝わったらしかった。

「わかったね」

光山が念を押した。女の子は呆《ほう》けたように、こくりとうなずいた。

「いい子だ」

そっと女の子の頭をなでて、光山が立ちあがった。娘と同じくぽかんとした表情でふたりを見守っていた母親が、あわてたように頭を下げた。

伊吹山

話はいつのまにか進んでいた。

宵山の晩、ブライアンと藤代さんが初対面にもかかわらず意気投合していたのは、覚えている。会話がはずむきっかけはいくつもあった。藤代さんが京都の伝統芸能に詳しくて、ブライアンと話が合ったこと。藤代さんが以前アメリカに、しかもブライアンの故郷の街のすぐそばに数年間住んでいたと判明したこと。藤代さんがブライアンの教えている大学の卒業生であること。おまけに、文学部で英米文学専攻というところまで共通していた。

　ブライアンが長刀鉾に上りそこねたと知って気の毒がった藤代さんは、別の鉾へ案内してくれた。関係者が知りあいらしく、その口ききで鉾に上れたブライアンは、念願かなってしごくご満悦だった。あんなに敵視していたはずの光山とさえ、機嫌よく言葉をかわしていた。光山がいつになくでしゃばらず、聞き役に徹していたのもよかったのかもしれない。藤代さんとブライアンのやりとりをにこにこして聞いているだけで、ほとんど口を挟もうとしなかった。うちの店にやってくる夫婦連れの、夫のほうに、よく見られる態度だ。妻が器を熱心に物色したり、わたしとあれこれ言葉をかわしたりしているのを、あたたかいまなざしで見守っている。

　ブライアンと藤代さんが、四人でお食事でもしましょう、いや飲みましょうよ、などとしきりに言いあっていたのも、記憶には残っていた。ただし、具体的な約束をした覚えはなかった。少なくとも、わたしは。

「車、どうしましょう？」

　七月の末、ひさしぶりにやってきたブライアンがいきなり切り出したとき、だからわたしは当惑した。

「大学の同僚が、車を貸そうかって言ってくれてて。でも保険とかどうなのかな？　日本って、そのへんうるさいでしょう？　やっぱりレンタカーがセーフかな」

「なんのこと？」

わたしが気を取り直してたずねると、ブライアンは当然のように言った。

「だから、車。運転できるのは僕だけみたいだから」

確かにわたしは運転免許を持っていない。が、それよりもまず、話の流れが見えない。

「あのふたり、不便じゃないのかな」

「ふたり？」

「配達とかで使いそうなのにね」

「配達？」

そこでようやくブライアンも、わたしが話についていけていないのに気づいたようだった。

「あ、そうか。あのときユカちゃんはいなかったんだ」

宵山の夜は、わたしだけが先に帰ったのだ。

長刀鉾のそばで立ち話をしていたときから、少し息苦しい感じはあった。慣れない人ごみに酔ったのかもしれない。藤代さんに案内されて歩いている間にも気分はどんどん悪くなってきて、ブライアンが鉾から下りてきたあたりで限界がきた。ぐあいが悪いので帰りたいと申し出たわたしを、残りの三人はひどく心配していた。祭のさなか、タクシーもバスも通っていないし、混雑の中をひとりで歩いて帰らせるのも不安だというので、三人そろって家まで送り届けてくれた。

「あれから三人で軽くごはんを食べたんだ。ふやまちで。あのふたりも気に入ったみたいだったよ」

わたしの知らないところで話は進み、まとまっていたらしい。

四人の予定をすりあわせすりあわせして、日どりは九月の頭に決まった。朝六時半に家の前に出ておくようにとブライアンに言い渡されたときには冗談かと疑ったけれど、当日は時間どおりに白いワゴン車がやってきた。

運転席から出てきたブライアンに助手席のドアを開けてもらい、半分寝ぼけたままで乗りこんだ。いつもは混んでいる丸太町通にも、ほとんど車が走っていない。御所をとりまく森が、黒いシルエットになって浮かびあがっている。

レンタカーについているカーナビの画面には、京都の地図が表示されていた。上のほうに星のマークがひとつ点滅している。西陣だ。これから「あのふたり」を迎えにいく。

堀川通にぶつかる交差点で、ブライアンがぐるりとハンドルを回した。斜め前からまぶしい朝日がさしてきて、わたしは目を細めた。

朝もやの中、光山と藤代さんは工房の前に並んで待っていた。

光山は珍しく洋装だった。グレイのざっくりしたニットのカーディガンと深緑のネルシャツに、下は濃紺のジーンズを合わせている。これまで和服しか見たことがなかったので、はじめはちょっと意表をつかれたものの、案外しっくりと似合っている。藤代さんのほうもジーンズをはいていた。白い丸襟のブラウスに明るいオレンジ色のニットを重ねて、肩から大判のストールをかけている。光山のシャツと同じ、渋い緑色だった。草木染めかもしれない。

まだ残暑は続いているのに、ふたりともすっかり秋らしい格好だ。すみれ色のTシャツに淡いベージュのカプリパンツを合わせているわたしが、なんだか季節はずれに思えてくる。長袖が必要だと聞いたので薄手のパーカは持参しているが、今のところTシャツ一枚でちょうどいい。

ひょっとして、光山の服装も藤代さんが見たてたんだろうか。ふと思いつき、次の瞬間に、そんなことを思いついた自分にげんなりした。どうでもいいことだ。

「おはようございます」

「ありがとうございます」

口々に言いながら、ふたりが後部座席に乗りこんだ。ブライアンがゆるゆると車を発進させる。わたしがカーナビを操作した。目的地の伊吹山《いぶきやま》は、滋賀と岐阜のちょうど県境にそびえている。

「どんなところなの？」

たずねたわたしに、ブライアンは意外そうに首をかしげてみせた。

「えっ、知らないの？　有名でしょう？」

後ろの光山たちがそろってうなずいた。フロントミラーのひらべったい長方形の枠に、ふたりの顔がぴったりおさまっている。

「ドライブにもいいし、あとは登山もできるみたい」

藤代さんが口を挟んだ。どちらもわたしにとっては未知の領域だ。なるほどそっち方面で有名なのか、とひそかに納得しかけていたら、

「百人一首にも出てきますよね」

とブライアンが嬉々として言った。

「かくとだに、えやは伊吹のさしも草、さしも知らじな燃ゆる思ひを」

抑揚をつけ、情感たっぷりに暗誦《あんしょう》してみせる。

「燃えるような恋心を、相手は知らない。いじらしいよなあ」

「いい歌ですよね。切なくて、ロマンチックで」

藤代さんも調子を合わせた。

「ロマンチックかなあ」

光山はにやにやしている。

「も草っていったら、お灸《きゆう》でしょ。恋をお灸になぞらえるなんて、奇抜なセンスだ」

「でも、燃えてるんですよ。熱いんですよ。情熱的じゃないですか」

ブライアンがむっとしたように反論した。

「もてたらしいから、実方《さねかた》は」

藤代さんのほうは気を悪くした様子もなく、さらりと言う。実方、と呼び捨てられると、千年前の歌人も近所の知りあいみたいに聞こえる。

しかしわたしたちの目的は、和歌の舞台を見物することではない。登山でもドライブでもない。

「伊吹山といえば、刈安《かりやす》でしょう」

光山がうきうきと言った。伊吹山だけでなく刈安というのも、わたしにとっては耳なれない言葉だが、染色の世界では古くから重宝されてきたらしい。

「近江《おうみ》の刈安ってね、昔から評判だったんです。びっくりするくらいきれいな黄色に染まるから。あれは黄色じゃなくて、金色っていったほうがいいかもしれない」

光山は力説した。

「それに刈安は、緑色の下染めとしても最高なんですよ。もともと青みがかった黄色なんだけど、藍とかけあわせたら、それはもうすばらしい緑に染まる。自分自身の黄色はもちろんどこにも残らない。残らないのに、文句も言わないで裏方に徹して、緑に生まれ変わる。なんていうか、献身的なんだよな」

市街地を東に抜け、名神高速に入り、さらに東へ向かう。車のまばらな高速道路を、ブライアンはすいすい飛ばしていく。心地よい揺れが眠気を誘った。

高速道路に上がったあたりから、光山はぴたりと静かになった。藤代さんの肩に頭をもたせかけ、すうすうと気持ちよさそうに寝息を立てている。藤代さんは起きていた。寄りかかられた姿勢では肩がこるだろうに、身じろぎもしないで窓の外を眺めている。わたしもブライアンと藤代さんの手前、のんきに眠るわけにもいかず、まとわりついてくる睡魔をなんとか追い払った。

九時前には関ヶ原インターを出て、それから十分も経たずに伊吹山のふもとに着いた。藤代さんの案内で駐車場に車をとめた。

「お、もう着いた？　車はやっぱり楽だなあ」

藤代さんに揺り起こされた光山が、伸びをして言った。ブライアンが顔をしかめるよりも一瞬早く、藤代さんが丁寧に頭を下げた。

「運転おつかれさまでした。本当に助かりました」

「いえいえ、そんな」

ブライアンがもごもごと応じる。

めいめい荷物を持って、車から降りた。乗ってきたときにはよく見ていなかったけれど、光山と藤代さんは大きなバックパックをかついでいた。ごわごわしたカーキ色の生地がいかにも頑丈そうだ。

「本格的ですね」

感心しているブライアンに、光山が答えた。

「柴刈り用です」

「シバカリ？」

「ごぞんじないですか。おじいさんは山へ柴刈りに、おばあさんは川へ洗濯に……」

アメリカ人に対してその説明は不親切ではないかと思ったが、ああ、あの、とブライアンはまじめくさってうなずいている。

用途はさておき、光山はともかく藤代さんには、ごついバックパックはどう見ても不似合いだった。光山のものを借りているのか、自分の持ちものなのか。またもやどうでもいいことを考えはじめていたわたしの横から、ブライアンが申し出た。

「荷物、持ちます」

「本当？　どうもありがとう」

藤代さんが微笑んで、バックパックを肩から下ろした。

「ああ、けっこう重いですね。レディーはこんなもの持っちゃいけません」

言葉とはうらはらに軽々とバックパックを背負ってから、ブライアンはわたしにも声をかけた。

「ユカちゃんは？」

「いい」

レディーじゃないし、とつけ足そうかと思ったけれど、やめておいた。肩からななめがけにした布のかばんは、おにぎりとお茶しか入っていないのでたいして重くない。

今日の役割分担はあらかじめ決まっていた。ブライアンが車担当、わたしがおにぎり担当、藤代さんがおかず担当。光山が「柴刈り」の道具を持ってくるという話だったが、バックパックのふくらみぐあいからして、藤代さんのほうにも少し入っているのだろう。

「いいなあ、若いひとは力があって。うらやましい」

さしてうらやましそうでもなく、光山が言った。ブライアンほど体は大きくないものの、使いこんだバックパックが背中になじんでいる。

登山道と記された標識の前で、ここから一時間半の道のりだと教えられた。伊吹山の標高は千四百メートル弱、刈安が群生しているのはその三、四合目あたりだという。

「登山、ですか？」

にわかに不安になってきた。本格的な登山だなんて聞いていない。歩きやすい靴で来るようにと言われてはいたが、五月に行った大原のような感じを勝手に想像していた。

「大丈夫ですよ。子どももお年寄りも登ってるし」

光山がこともなげに言った。その言葉を裏づけるように、初老の夫妻がわたしたちを追い越していく。山道にふさわしいのはおそろいのスニーカーくらいで、あとは街なかですれ違ってもおかしくなさそうな、普通の軽装だった。巨大なバックパックを背負っている光山たちのほうが、ずっと山登りらしく見える。

「ゆっくり行きましょう」

藤代さんが言い、ね、と光山に向かって念を押した。

先頭は常に光山だった。ブライアンはその横に並んだり、半歩遅れたり、つかず離れずの距離を保って続く。慣れない大荷物でバランスを取りにくいのか、やや足どりが危なっかしい。茂った木々の間からこぼれてくるこもれびが、おそろいのバックパックに水玉模様を作っている。

わたしは藤代さんと並んで歩いた。林の中を延びる小道の傾斜はゆるやかで、道幅もそんなに狭くない。おじけづいていたほど苦しくはなく、一応ちゃんとついていけた。男ふたりが先に行きすぎそうになると、ちょっと待って、と藤代さんが声をかけて歩調を落とさせた。

「男のひとって負けずぎらいねえ」

藤代さんが苦笑した。男女の速さの違いは脚の長さのせいだと思っていたわたしも、そう言われると腑に落ちた。ブライアンがいつになくはりきっているのは、汗ひとつかいていない光山への対抗心もあるのだろう。

わたしのほうは、山道が少しずつ険しくなってくるにつれて、余裕がなくなってきた。足もとに気を取られ、藤代さんが話しかけてくれても、上の空でうなずくのが精一杯だ。それでも思いのほか、気づまりではなかった。気を回す余力がないというのもあるけれど、向かいあうのではなく並んで歩いているのもいいのかもしれない。

三合目の標識は、林の先にぽかりとひらけた、なだらかな丘に立っていた。

丘の斜面はびっしりとすすきで覆われている。風が吹くたびに白っぽい穂がほわほわと揺れる。強い風だと、密集したすすきがざざざと同じ方向になびいて、波がうねっているみたいに見える。頭上には雲ひとつない青空が広がっていた。

「あれが伊吹山の頂上です」

藤代さんが正面を指さした。連なる丘の向こうに、三角形のいただきが顔をのぞかせていた。

「では、柴刈りをはじめましょう」

光山がいそいそとバックパックを下ろし、三人分の鎌と白い軍手を取り出した。藤代さんもブライアンからバックパックを受けとって、自分のひとそろいを出している。

鎌という道具を、わたしは生まれてはじめて間近で見た。当然さわったこともない。三十センチほどの木の棒に、三日月のかたちをした刃がくっついていて、プラスチックのカバーがかけてある。光山が慣れた手つきでカバーをはずし、手近に生えているすすきで使いかたを実演してみせた。

「こうやって、こう」

穂のすぐ下あたりをつかみ、根もと近くの茎にすっと刃を入れる。銀色の光がひらめいて、研ぎすまされた刃がかぼそい茎をあっけなく断ち切った。

「試してみて下さい。自分のほうに刃を向けると危ないから、気をつけて」

ブライアンとわたしも渡された軍手をはめ、こわごわ鎌をふるってみた。最初はおそるおそるだったのが、二度、三度とやっているうちに気分が乗ってきた。すぱすぱと潔く切れるのがいい。

ひとしきり試し切りを繰り返し、いよいよすすき野原に足を踏み入れようとしたとき、光山が声を上げた。

「あれ。紫さん、上着は？」

とがめるような響きにびくりとして、わたしは急いでかばんを探った。そこではじめて、長袖のパーカを車に置いてきてしまったことに気がついた。

「大丈夫です。そんなに寒くないし」

「でも半袖じゃ危ないですよ。これ、お貸ししましょうか？」

藤代さんがブラウスの上に着ている薄手のニットを指でつまんでみせたのと、

「これ、着て下さい」

光山がはおっていたカーディガンをすばやく脱ぎはじめたのが、ほぼ同時だった。

ごく当然のことのように差し出されたカーディガンを、わたしは反射的に受けとった。遠慮も辞退もするひまがなかった。袖を通すと、カーディガンはまだほんのりとあたたかかった。

「似合うわ」

藤代さんが微笑んだ。

「似合うな」

光山がちょっと意外そうに言った。ブライアンは恨めしげに眉を寄せている。

「じゃあ、行きましょうか」

今回も光山が先頭になった。背丈よりも高く生い茂っているすすきをかき分け、ときどき鎌もふるって、ずんずん道を切りひらいていく。その後ろに、ブライアン、わたし、藤代さんの順で、縦一列に続いた。

四方にすすきの壁がたちふさがり、視界をさえぎっている。細長い葉がこすれてかさかさと音を立てる。他にはなにも聞こえない。不思議な感じがした。この世界にわたしたち四人だけしか存在しないような、見知らぬ国に迷いこんでしまったような。

「このへんだと思うんだけどな」

しばらく進んだところで、光山が立ちどまって周りを見回した。後続のわたしたちも足を休めた。見渡す限りすすきばかりだと思っていたが、よく見たら違う草もちらほらまじっている。

「あれとかは？」

ブライアンが指さした先には、えんじ色のまるっこい花のような穂のようなものをつけた、ひょろりとした草が生えていた。

「いや、それは違う。ワレモコウです。これはこれでいい色なんだけど」

光山が手早く数本を刈りとった。わたしは手前に群がって咲いている花にふれてみた。

「これは？」

「それはゲンノショウコ」

藤代さんが後ろから言った。光山が振り返り、首をかしげる。

「おかしいな。去年は確かこのあたりだった気が」

「もう少し先じゃなかった？」

「そうだっけ？」

間に挟まれているわたしとブライアン越しに、光山と藤代さんが相談をはじめた。わたしは所在なく周囲に目をやった。やっぱりすすきが多い。わたしの身長を超えるほど伸びているものもあれば、まだ背の低いものもある。

「あ、あった、あった」

光山がいきなり叫び、小さめのすすきがかたまっているあたりにかがみこんだ。身を寄せあっている一群をさくさくと刈る。

「ありました」

手渡された一本を、ブライアンと一緒にのぞきこんだ。確かに他のすすきとは少し様子が違った。丈が短いだけでなく穂もひと回り小さい。大絶賛されていたわりに、いたって地味な外見だ。

「これですか？」

訝しげに問いかけたブライアンに、光山は上機嫌で答えた。

「これです、これです。こうやって目立たないようにひっそり生えてるんです。ひかえめっていうか、奥ゆかしいっていうか、ねえ」

「擬人法？」

ブライアンがぼそぼそとつぶやいた。

「よかった、よかった。これを見本にして下さい」

光山はわたしとブライアンに一本ずつ刈安を渡すと、唐突に解散を宣言した。

「じゃあ、よろしく。一時間くらいしたら、お昼にしましょう」

くるりと進行方向へ向き直った光山の背は、すぐにすすきに隠れて見えなくなった。ブライアンもまた対抗心がわいてきたのか、向かって右手のほうへ足を向ける。藤代さんもわたしに会釈してから、左に進路をとった。

わたしだけが、出遅れた。右手に鎌、左手に刈安を持って、その場でぼんやり立ちつくす。

しばらくは他の三人が立てる葉の音が聞こえていたが、それもやがて消えた。

前、右、左、とみんながばらばらの方向に散っていったので、特にあてもなく、もと来たほうを振り返った。さっきより風が強くなっていた。すすきが大きく揺れ、にわかじたてのけもの道が狭まりつつある。刈安の頼りない茎を握りしめ、そろそろと足を踏み出した。

刈安にはなかなかめぐりあえなかった。いくつかそれらしき草は見つけたものの、発育の遅いすすきのように見えなくもなくて、刈りそびれた。ふらふらとさまよっているうちに、いつしか方向もおぼつかなくなってきた。草の踏みしだかれた跡に沿って歩いていたつもりだったのに、突然それがぷつりととだえた。

回れ右しようとしたところで足がもつれた。あ、と思った次の瞬間、空が見えた。しりもちをついた姿勢で、わたしはぽかんと頭上をあおいだ。淡い水色の空に、しゅっと筆でかすったような薄い雲がところどころ浮かんでいる。よく考えたら来た道をたどってもむだだったのだと、ようやく思いあたった。刈安が見あたらなかったからこそ、光山はあそこまで歩みを止めなかったのだから。

握っていた鎌を放し、後ろに両手をついて脚を伸ばした。草がクッションになったおかげでどこも痛くはない。むしろふかふかして気持ちいい。すすきのにおいなのか、土のにおいなのか、ほの甘いにおいがたちこめている。風はまだ強い。わたしはカーディガンの前をかきあわせ、胸の上までボタンをとめた。

なにげなくポケットに手を差し入れたら、指先になにかがふれた。

ひっぱり出して見ると、小さな紙きれだった。へなへなと薄い縦長の白い紙が、四つに折りたたんである。レシートだろうか、なにかのメモだろうか。

誘われるように紙を開こうとしたとき、目の前のすすきががさがさと揺れた。わたしはとっさに紙きれを握りしめ、後ろ手に隠した。

「おつかれさま」

ひょっこり顔をのぞかせたのは、藤代さんだった。片手に鎌をたずさえ、もう片方の手で刈安と思しき束を抱えている。そんな格好でも優雅に見えるのがすごい。

「おつかれさまです」

立ちあがろうとしたが、藤代さんがわたしの隣に腰を下ろすほうがわずかに早かった。刈安をさわさわと振ってみせてから、鎌と一緒に傍らに置く。

「豊作、豊作」

「すみません。わたし、全然見つけられなくて」

恐縮しているわたしに、藤代さんは鷹揚《おうよう》にかぶりを振った。

「しかたないですよ。刈安って特にわかりにくいから。慣れてくると、いやでも目に入ってきちゃうんだけど」

「ここはよくいらっしゃるんですか？」

「そうねえ。伊吹山は毎年この時期に」

藤代さんが首をかしげた。去年は確かこのあたりだった、いやもう少し先だった、と仲睦まじく言いかわしていたふたりの姿が、わたしの脳裏をよぎった。

「でも車だと楽だった。連れてきて下さって、ありがとう」

「いえいえ。こちらこそ」

おじゃましてしまってすみません、と言いかけて思いとどまったのは、卑屈すぎるような気がしたからだった。だから、

「ごめんなさいね」

と遠慮がちに謝られて、あっけにとられた。

「おじゃましてしまって、すみません」

それはこっちのせりふでは、とわたしが言い返すまもなく、藤代さんは続けた。

「実はね、ちょっとうれしくて。こんなふうに遠出するのってひさしぶりで。わたしはあんまり連れてきてもらえないから」

意外な言葉ばかりで、返事ができなかった。黙りこんでいるわたしには頓着せず、藤代さんは口をとがらせている。

「あのひと、ふだんはなかなかガールフレンドに会わせてくれないの。けちでしょう？」

どうやら憤慨しているようだ。おまけに、同意を求めるつもりらしい。言われている内容を咀嚼するだけで、わたしは手いっぱいなのに。

「けちっていうか、ずるいのよ。わたしに会わせたら、女の子たちがひいちゃうと思ってるんでしょうね」

女の子たち。複数形が出た。

「別に、ただ会ってみたいだけなのに。変なちょっかいを出そうってわけじゃないのにね」

藤代さんの発言をつなぎあわせて、やっとわたしにも少しずつ事情がのみこめてきた。

光山にはガールフレンドがいる。ひとりではなく、何人もいる。藤代さんがそこまで把握しているということは、本人も特に隠しているわけではなさそうだ。ただし彼女たちに会わせてはくれないので、藤代さんは不満に感じている。

「でも、紫さんは特別なんでしょうね」

藤代さんがいたずらっぽく笑った。とっておきの内緒話を打ち明ける少女のように、親しげに。

「特別な、ガールフレンド」

なんだか変だ。どうもおかしい。けれどその違和感をうまく伝えられそうになくて、わたしはもどかしく言葉を探した。

藤代さんの言っていることを疑っているわけではなかった。それでショックを受けたというのでもない。新事実には違いないが、どちらかといえば驚きよりも脱力感のほうが強かった。光山がそういう人間だということは、わたしにもうすうすわかっていた気もした。あんなふうに出会い、その後もやりとりを続けてきたのだ。

特別なガールフレンドという言いかたも、ある意味、筋はとおっている。光山は普通、ガールフレンド、もといガールフレンドたちを、藤代さんに紹介しない。最初はたまたま鉢あわせただけだったにせよ、それ以降もこうして一緒に出かけたり喋ったりしているのは、その基本方針に反するという点で「特別」と呼べなくもない。

「違います」

ようやく言葉が見つかって、わたしは口を開いた。

「え？」

藤代さんがぱちぱちとまばたきをした。

「だってわたし、ガールフレンドじゃないですから」

言い放ったら、すっきりした。そうだ、おおもとの前提がおかしかった。わたしは光山のガールフレンドではない。ただの知りあいに過ぎない。特別もなにも、ない。

「そうなの？」

藤代さんが目を見開いて、わたしの顔をのぞきこんだ。ざわざわざわざわと激しくすすきが揺れた。


昼食は、すすき野原の真ん中でとった。

光山がバックパックから取り出した黄と青と白のしましまのレジャーシートには、見覚えがあった。いつか大原で画家の男から借りたものだ。絵の具がこびりついているから間違いない。返す機会がないのか、意思がないのか。あのときの記憶がよみがえってくるのを追い払いつつ、腰を下ろした。

シートの中央に、藤代さんが持ってきてくれたつややかな黒い塗りの四角いお重を置き、四人で囲んだ。お正月におせちを詰めるような三段になった立派なものが、二組もある。どうりでバックパックがふくらんでいたわけだ。鮭の西京漬けやだしまき玉子や筑前煮といった正統派の和食だけでなく、揚げなすとパプリカのマリネや、アボカドのクリームチーズあえも一緒に詰められている。目にも美しいおかずをつまんで口に運ぶと、だしをきかせた上品な味つけが舌に広がった。

「おいしいですねえ。お店でも出せそうだな」

感動しているブライアンに、藤代さんは屈託なく言った。

「お口に合ったんだったら、よかった。でも、どれもたいして手間のかかるものじゃないんですよ」

ほめられて謙遜《けんそん》しているのではなく、もちろん謙遜を装って得意になっているわけでもないのが、無造作な口ぶりから読みとれた。藤代さんにとっては本当に「たいした手間」じゃないんだろう。このひとのたちが悪いところはここだ、とひそかに思う。たちが悪い、などと考えてしまう自分こそが、根性の曲がった腹黒い人間のように感じられてくるところ。ふっくらとやわらかいだしまき玉子を、わたしは無言でかみしめる。確かにおいしい。

「紫さんのおにぎりも、おいしいです」

わたしの気も知らずに、藤代さんがさらりと微笑んだ。いやみや皮肉には聞こえない。やっぱり、たちが悪い。

「うん。うまいな」

光山も言った。

「僕もいただきます」

蒸し鶏をせわしなく飲みこんだブライアンが、おにぎりに手を伸ばした。藤代さんのおかずと違って上品な器には入っていない。種類ごとに分けて、アルミホイルで適当にくるんであるだけだ。

「中身はなに？」

「これは塩むすび」

わたしが答えるより先に、光山が手もとのひと包みを指した。藤代さんもよく似たしぐさで、別のほうを示す。

「こっちは梅干でした」

「じゃあ、僕はこれをもらおうかな」

まだ誰も手をつけていなかった三つめの包みを、ブライアンはいそいそと開いた。

「あ、おかかだ」

具をなににするかは、けっこう迷った。最近はコンビニでもスーパーでも、さまざまなおにぎりが並んでいる。定番の鮭や昆布に加えて、豪華なところではネギトロやうなぎまである。ああいう変わり種のほうが喜ばれるか、たきこみごはんって手もある、それとも栗ごはんや豆ごはんなんかはどうだろう、などとあれこれ考え出すと、ますます決められなくなってしまった。結局、力みすぎていると思われるのも恥ずかしい気がして、地味な三種類に落ち着いた。見た目があまりに味気なかったので、海苔《のり》を巻いてごまかしている。でも、おかずが凝っている分、かえってこのくらいさっぱりしているほうがよかったかもしれない。

藤代さんのほうは、わたしみたいにちまちま思いわずらったりせず、てきぱきと献立を決めたのだろう。悩んだとしても、あくまで栄養のバランスや彩りについてだったに違いない。どのくらい力を入れるか、あるいはどのくらい力を入れているように見えるか、いたずらに考えこむようなことはなかったはずだ。

それぞれのおにぎりをほおばっている三人を、わたしはさりげなく見回した。右隣の光山、正面の藤代さん、左のブライアン、と反時計回りに視線をめぐらせていく。皆、くつろいだ表情を浮かべている。

わたしも同じように、のんびりとくつろいでいるふうに見えるといい、と思う。いまひとつ食事に集中しきれないのを、誰にも気どられていないといい。

さっきの藤代さんとの会話が、まだ耳に残っているのだ。

「ガールフレンドじゃない、ってこと？」

藤代さんはけげんな表情で首をかしげていた。

「紫さんがそう言うなら、それはそれでいいけど。でもそれ、光山はわかってるの？」

そこで話は中断した。おおい、そろそろごはんにしませんか、と当の光山が叫ぶのが聞こえてきたからだ。

「ああ、最高ですね。ごはんも空気もおいしい。やっぱりニッポンの山里はすばらしいなあ」

ブライアンがふたつめのおにぎりに手を伸ばしつつ、しみじみと言った。藤代さんが思いついたようにたずねる。

「そういえば、ブライアンさんはどうして京都にいらしたんですか？」

「日本が好きだったからです」

ブライアンがきっぱりと答えた。

「日本といえば、京都でしょう」

誰も反対しなかった。ブライアンは遠くを見るように目を細めた。

「そもそも日本に興味を持ったきっかけは、小説でしたね。タニザキ、カワバタ、ミシマ――夢中で読みました。どの物語も美しくて、切なくて、しかも鋭くて」

「谷崎はいいわよねえ。わたしも大好き」

藤代さんが微笑む。

「なにが一番お好き？」

「痴人の愛、ですかね。定番ですけど」

「わたしは断然、春琴抄だな」

「ああ、春琴抄も捨てがたいです。あの佐助の尽くしっぷりが泣けますよね」

なにやら盛りあがっている。わたしはぼんやりと聞いていた。題名を知っているくらいで、会話に加われるほどの思い入れはない。光山も同じなのか、黙々と箸を動かしていたが、やがておもむろに口を挟んだ。

「いや、細雪だな」

「細雪？　ちょっと長すぎて、飽きてこない？」

藤代さんが異議を唱えた。

「だって、谷崎の醍醐味《だいごみ》は女性じゃないか。ナオミも春琴も悪くないけど、もっといろんなタイプが出てこないともったいない」

光山らしい言い分ではあった。細雪は確か、それぞれ異なる個性を持った、四人姉妹の話である。

「数の問題じゃないでしょ」

藤代さんがあきれたように言い返した。が、ブライアンは珍しく光山の肩を持った。

「だけど確かに、谷崎の描く女性はすてきですよね」

「でしょう？」

光山が身を乗り出して、得意げに言い添えた。

「アメリカじゃあ、ちょっとお目にかかれないだろうな。日本に来て正解でしたね」

「残念でした。谷崎の小説に出てくるみたいな女性は、日本でだってなかなか見つからないわ」

藤代さんがからかうような口調で言う。

「いいんです」

ブライアンはウィンクをして、わたしと藤代さんを見比べた。

「現代の日本女性も、十分魅力的ですから」

「まただ」

藤代さんが肩をすくめた。光山はおかしそうに笑っている。

「いや、賛成だな。大賛成」

「藤代さんは、ずっと京都なんですか?」

ブライアンが話を戻した。

「ええ。アメリカにいたこともあったけど、それ以外は」

「それなのに京都弁じゃないんですね」

「それは皆さんが標準語だからですよ。地元の古い友達と喋ってるときなんかは、そうとう訛ってる」

「そうだな。言われてみれば、全然違う」

光山がうなずく。藤代さんの旧友とも会ったことがあるらしい。だからって、どうということもないのだが。

「光山のは、えせ京都弁ね」

「エセ？」

きょとんとして繰り返したブライアンに、藤代さんが説明する。

「にせものってこと」

「ひどいな。相手に合わせてるだけなのに」

光山は涼しい顔で切り返した。ブライアンがさらに聞く。

「ってことは、京都出身じゃないんですか？」

「生まれは東京です。中学のときに、こっちに引っ越してきたんです」

その説明はわたしも前に聞いていた。しかし、藤代さんが口にした続きのほうは、初耳だった。

「出たり入ったり忙しいのよね」

「へえ。じゃあ、京都以外に住んでた期間もわりと長いんですか」

「そうですね。だいたい半々くらいかな。追い出されては、ほとぼりが冷めるのを待って、また戻ってくる」

「追い出される?」

ブライアンが聞いた。頓狂な声こそ出さなかったものの、同じ問いかけはわたしの頭の中にも浮かんでいた。

「いられなくなるようなことをするからでしょう」

藤代さんがたしなめるように言った。

「まあね。でも、めげないいうか、こりないわよね、あなたは本当に」

「めげないっていうか、めげない」

「意志が強いって言ってほしいな」

ブライアンの目くばせは、ひとまず無視した。一体どんな問題を起こしたのか、問いただす気にはなれなかった。見当がついているのにわざわざたずねるのも白々しい。

「それにしても、こうやって復活できたのはやっぱり藤代のおかげだよ。感謝しないと。おふたりも、困ったときには藤代に頼ればいいですよ」

冗談めかした軽い口調がどこまで本気なのかは、判然としなかった。

「またそんな、適当なことばっかり言って」

藤代さんはそっけなく応じた。

「わたしはなにもしてないわ。あなたの力でしょう」

「どうして戻ってきちゃうんだろうな。別に京都じゃなくたって染めものはできるのに」

光山は首をひねっている。

「でもやっぱり、他のところだと調子が出ないいんだよなあ」

わたしはブライアンと顔を見あわせた。


昼食の後、干した刈安を集め、他の草も何種類か摘んで、日が暮れる前には山を下りた。行きと同じ経路を逆向きにたどって京都市内に着いたときには、あたりはすっかり暗くなっていた。

「夜はどうします？」

京都東インターを出てすぐの信号待ちで、ブライアンが言った。

「せっかくだし軽く飲みませんか？　レンタカー返してから、近場で」

「いいですね」

藤代さんも同意した。

「運転させちゃったお礼に、なにかごちそうさせて下さい。このまま解散するのもさびしいし」

「本当ですか？」

ブライアンがはしゃいだ声を上げた。藤代さんの返事の、前半よりも後半のほうに反応したのだろう。ほっとしたように小さく息をついたのが、助手席のわたしには聞こえた。ブライアンはたまにこうやって、さびしがり屋の片鱗《へんりん》を見せる。ふやまちを出た後に、もう一軒行こう、と急に言い出したりする。どこかせっぱつまった顔で提案されるたびに、ちょっと面倒だなと思う反面、なんだかなつかしくもなる。子どもの頃は、遠足の帰り道や花火大会の後には、やけに胸がすうすうしたものだった。

工房に寄り、大事な収穫物や光山たちのかさばる荷物を置いてから、車を返した。幸い、レンタカーの営業所からふやまちまでは、歩ける距離だった。

四人で連れだって店に入ると、オーナーは一瞬だけ絶句したものの、すぐさま気を取り直してきびきびと注文をとってくれた。さすがプロだ。次に来たときに繰り広げられるだろう質問攻めは、今から思いやられるけれども。

テーブル席はないので、カウンターに横一列で座る。店に入った順に、奥からわたし、藤代さん、ブライアン、光山、と並んだ。ビールで乾杯してから、四人でてんでに好きなものを注文し、適当に分けあって食べはじめた。山道を歩いたり、かたちばかりとはいえ鎌をふるってみたり、日頃はほとんど動かしていない筋肉を使ったせいか、心地よく空腹だった。喋っていたのは主にブライアンと藤代さんだ。染めもののこと、京言葉のこと、アメリカ文学と日本文学のこと、話題は次々に飛んだ。光山もたまに口を挟んだが、山で本人が話したような、もしくはその前にわたしが藤代さんから知らされたような、個人的な内容にはふれなかった。なにやらごたついていたらしい過去も、現在の交友関係も、話には上らなかった。

あらかた食べ終えても、まだ九時を回ったところだった。会計をすませ、狭い路地を抜けて麩屋町通に出た。ビールと日本酒で体の芯がぽうとあたたまっている。少し飲みすぎたかもしれない。

「タクシー、拾っちゃいましょうか？」

藤代さんが提案した。真っ白だった肌がほんのりとピンク色に染まっているのが、夜目にもわかる。

「紫さんのおうちは、寺町通沿いでしたよね？　ブライアンさんは？」

藤代さんがブライアンとわたしを見比べ、言い足した。

「わたしは北山のほうなんですけど」

わたしたちは、とは言わなかった。わたしたち、ではなく、わたし。藤代さんたち、ではなく、藤代さんが、北山に住んでいる。酔っているせいか、ささいな言葉遣いを意識してしまう。

「北山ですか！　僕は北大路だから、ご近所ですね！」

ブライアンが陽気に答えた。いつもより声が大きい。

「じゃあ、わたしと一緒に乗って、途中で落としましょうか？」

「助かります。ユカちゃんは、どうする？」

「どっちでも。歩いてもいいし、ついでなら乗せてもらっても」

わたしは静まり返っている道を見渡した。さっきからまったく車が通らない。タクシーを待つより歩いたほうが早いかもしれない。ふだんから、ふやまちで飲んだ後はたいがい歩いて帰る。夜の散歩はきらいじゃない。真っ暗だとさすがにこわいけれど、京都の街なから、ある程度広い道はそこそこ明るい。

「あなたは？」

藤代さんにたずねられ、光山は少し考えてから、

「もう一杯飲んでいこうかな」

と答えた。二軒目への誘いととれなくもなかったが、藤代さんはあっさりと言った。

「そう。飲みすぎないように気をつけてね」

浅くうなずいた光山は、皆と変わらず飲んでいたはずなのに、あまり酔っているふうではない。まだ飲み足りないのだろうか。ひょいと片手をあげて会釈し、歩き出す。

「それじゃ。今日はどうも」

麩屋町通を上っていく背中を、三人で見送るともなく見送った。四つ辻を曲がって後姿が完全に見えなくなったところで、ブライアンがぽつりと言った。

「どこで飲むんですかね？」

確かに、「一杯飲む」のであれば、北よりも南に向かったほうが店は見つかりやすそうなものだ。

「さあねえ」

藤代さんはどうでもよさそうに応じ、なぜかブライアンではなくわたしに視線を移して、ちょっと笑った。どきりとした。かすかに動いた唇が、なにかささやいたように見えたのだ。たとえば、ガールフレンド、とか。

しかし実際は、藤代さんはまったく違うことを言った。

「車、通りませんね」

「もっと大きい道に出たほうがいいかな？」

ブライアンが腕を組む。顔を見あわせているふたりに、あの、とわたしは声をかけた。

「やっぱり、歩いて帰ります。近いので」

「そうね、そのほうがかしこいかも」

「じゃ、御池まで一緒に歩こうか。そのほうがタクシーもつかまりやすそうだし」

御池まで出たら、まばらではあるが車が走っていた。これならじきに空車も通りかかるだろう。わたしはふたりと別れ、寺町通のほうへと足を向けた。

広々とした御池通に、点々と光が散らばっている。繁華街からはずれているので、きらびやかなネオンこそないものの、歩きながら眺めるにはなかなかきれいだ。道沿いの街灯にともされた無機質な白い光、ゆきかう車が振りまくライト、レストランからこぼれてくる黄色いあかり、とりとめのない雑多な光が、それぞれにできる範囲で闇を切りひらいている。昼間に比べて気温は下がっているけれど、そんなに涼しくはなかった。アルコールが入っているからだろう。それとも、しっかり着こんでいるせいだろうか――そこまで考えて、はっとした。

光山にカーディガンを返し忘れた。

帰りの車中で自分のパーカに着替え、脱いだカーディガンを手に後部座席をのぞいてみたら、光山はすでにまどろんでいた。かわりに藤代さんに渡そうかとも思ったが、相変わらず光山が肩に寄りかかっていて、身動きがとりづらそうだった。着いてから返すつもりでかばんに入れ、そのまま忘れてしまっていた。

一気に足が重くなった。どうやって返したらいいだろう。この先、わたしから光山に連絡を取るようなことは、たぶんない。というか、できるだけ取りたくない。

まずいというのは前から感じていた。深入りしたらいけないとわかっていたし、そう心がけてもいたつもりだったのに、いつのまにか光山のペースに巻きこまれていた。でも藤代さんと話して、あらためてはっきりした。これ以上は光山に近づかないほうがいい。なるべく関わりあわないほうがいい。積極的に、距離を置いたほうがいい。

青信号を待って横断歩道を渡り、寺町通に入った。道幅が狭くなって、光が減る。夜空に細い月が貼りついているのに気づいた。

どう考えても、まずい。初対面の女性に堂々と声をかける。独特の話術で煙に巻き、会う約束を取りつける。急速に親しくなったかと思いきや、気まぐれに連絡をよこさなかったりする。会ったら会ったで、やたらとなれなれしくふるまう。そうやって、複数の、おそらくたくさんのガールフレンドと、同時並行でつきあっている。

やっぱり、距離を置くべきだ。もっと言うなら、逃げるべきだ。

「紫さん」

声をかけられたとき、けれどわたしは駆け出さなかった。駆け出せなかった。足に力が入らなかった。

光山は街灯に寄りかかるようにして立っていた。立ちすくんでいるわたしにまっすぐ近づいてきて、正面で足を止めた。

「ちょっと歩きませんか」

街灯から淡いあかりが降ってくる。光山のふぞろいな両目に、静かな光が宿っていた。

友禅

夜の二条通はひっそりと静かだ。わたしたちのスニーカーがたてるくぐもった足音も、やけにくっきり聞こえる。遠くで車のクラクションが鳴っている。どこかで犬が短くほえた。

光山はいつものように軽口をたたくでもなく、黙々と進んでいく。その斜め後ろを、わたしは半歩ほど遅れて歩いている。街灯の間隔に合わせて、足もとの影が伸びたり縮んだりする。

「どこに行きましょうか」

歩き出す前に、光山はたずねた。

「別に、どこでも」

わたしが役に立たない返事をすると、どうしようかな、と困ったように頭をかいた。多少は酔っているのか、いつもの自信たっぷりな態度はなりをひそめ、本当に当惑しているような表情だった。

「すみません、なんだか……」

途中で言葉をとぎらせたのも、思わせぶりに間をとっているのではなく、単純に続きを探しているように聞こえた。

「なんだか、緊張しちゃって」

そんなことを言われたら、こっちまで緊張してくる。

夜にふたりきりで会うのは、そういえばはじめてだった。光山が店にやってきたのも、わたしが工房を訪ねたのも、大原に出かけたのも、みんな昼間だ。祇園祭の晩は、ブライアンと藤代さんが一緒にいた。

富小路通、柳馬場通《やなぎのばんばどおり》、堺町通、南北の小路を順に通り過ぎる。光山は相変わらず黙りこくっている。わたしも無言でつき従った。

そのうちに、夜風で頭が冷えてきた。あやしい、と思う。緊張するなんて、およそ光山らしくない。ぎこちないそぶりにも、実はなにか魂胆があるのかもしれない。疑いが足首のあたりにからみついて、歩くのをじゃました。光山との距離が開いていく。

機械的に足を動かしつつ、さらに別の可能性にも思いいたった。もしかして、悪だくみというのでもなく、ただ酔いが深いのか。ぼうっとしてしまって、如才なくふるまえなくなっているだけなのか。あらためて、前の光山に注目してみる。足もとはふらついていない。顔は見えないけれど、少なくともさっき向かいあっていたときには、赤くはなかった。眉間に皺を寄せ、いつになくきまじめな表情で、ふだんのにやにや笑いよりもむしろしらふに近く見えた。

でも、あれも演技かもしれない。ありえなくもない。なにしろ、本気になるということのないひとだ。思い詰めたり考えこんだりするなんて似合わない。思考がシーソーみたいに、右に左にふらふら揺れる。わたしこそ酔っているのかもしれない。ため息をついたところで、思い出した。

数少ないとはいえ、光山の真剣なまなざしを目撃したことは何度かあった。他にはなにも目に入っていないような、追いつめられたような、せっぱつまった顔。染めものをやっているとき、光山はあの切迫した表情を浮かべる。

ふいに正面からまぶしい光がさした。

「危ない」

ぐいと腕をひっぱられた。道の端に寄ったわたしたちのすぐ脇を、タクシーが走り抜けていった。エンジン音が遠ざかり、テールライトが闇に吸いこまれ、また静寂が戻る。

「そうだ」

光山が突然声を上げ、つかんだままだったわたしの腕を揺さぶった。おもしろい遊びを考えついた子どものように、目を輝かせている。

「猿を、見にいきませんか」


烏丸通まで出てまっすぐ北へ上り、西の蛤御門から御苑の中に入った。

「なんで蛤って名前なのか、知ってます？」

門をくぐりながら、光山はわたしにたずねた。ふだんの快活な口ぶりに戻っていた。

「火事、でしょう」

昔、京都で大火事が起こったときに、めったに開くことがなかったこの門を開放した。それを、固く閉じていた貝が火にあぶられて開く様子になぞらえて、こんな呼び名がついたらしい。

「さすが、よくごぞんじですね」

光山が感心したように言った。わたしは短く答えた。

「知りあいに聞きました」

元恋人はなにかにつけて薀蓄《うんちく》を傾けたがった。専門は心理学のはずなのに歴史にも詳しく、また詳しいことを周りに示そうとした。彼のそんな嗜好を満たすのに、京都はうってつけの土地だったに違いない。どこかへ出かけるたびにその場所にまつわる歴史的背景を披露され、正直なところわたしは食傷ぎみだった。

光山の横顔を、ちらりと盗み見る。男性というのはえてして蘊蓄を語りたがる生きものなのかもしれないが、光山の場合は、染めものに関する知識は別として、それ以外の分野で博識ぶりをひけらかしそうな印象はなかった。逆に、誰かの熱弁を薄ら笑いとともに聞き流しかねないような気がしていた。

「ちょっといいですよね、色っぽくて」

光山がひそひそと続けた。

「は？」

「だって、あったためられると開くわけでしょう？　なんていうか、なまめかしくないですか？」

「はあ」

返事とも吐息ともつかない、中途半端な声がもれてしまった。光山はにこにこしている。すっかりいつもの余裕を取り戻したようだった。なにが緊張だ、とあきれつつ、気づけばこっちも肩の力が抜けていた。

「こっちです」

光山が左手を軽く上げ、御所を取り囲む塀のほうを示した。うながされるまでもなく、わたしの足はそちらの方向へと向いていた。砂利道を踏みしめ、塀沿いに北東の角をめざす。夜なので人影は少ないものの、時折ジョギングや自転車の人々とすれ違った。

猿の話を教えてくれたのは、祖父だったか、祖母だったか。元恋人から聞いたわけではないのは確かだった。一緒にこのあたりを散歩したことは何度かあったけれど、話題に上らなかった。彼がわりと好みそうな言い伝えだと思うのに、知らなかったのか、単に興味がなかったのか、あるいは目にとまらずに過ぎてしまったのか。わたしのほうも、あえて話さなかった。ここはわたしひとりの場所だった。

ひとりで幾度となく足を運んできた場所に光山と並んで向かっている、それはひどく奇妙なことに感じられた。工房に大原に伊吹山、これまで光山に連れていかれたのは、どこもわたしにとって未知の場所だった。物理的な意味だけではない。染めものの世界にふれるのも、新しい経験だった。さらに言うなら、光山の存在そのものも。

目的地に着き、わたしたちは顔を見あわせた。

「暗いな」

わたしの頭の中に浮かんでいるのと同じせりふを、光山が口にした。猿のひそんでいるはずの暗がりを、わたしは未練がましく見上げた。期待していた分、あきらめがたい。

「でもよかったな、ふたりで来て」

光山が続けた。

「よかった？」

わけがわからず、聞き返した。わざわざ御苑まで歩いてきた挙句に、肝心の猿を見られないというこのまぬけな状況が、よかった？

「だってふたりなら、がっかりしたって言いあえるから。ひとりで耐えるのってつらいでしょう」

光山はさして落胆しているふうでもない。自分から誘ってきたくせに、たいして見たいわけでもなかったんだろうか。

「ひとりのほうがましじゃないですか？」

つっけんどんな声が出てしまった。わたしばかりが残念がっているようで、なんだか悔しい。

「ふたりだと、がっかりが二倍になりますよね？」

「がっかりが、二倍か。うまい言いかただ」

光山はのんきに笑っている。

「ライトアップでも頼んでみますかね」

「誰に？」

「ええと、宮内庁？」

いきなり話のスケールが大きくなった。そんなことを気軽に頼めるなんて、

「知りあいでもいるんですか？」

「いや、別に。でも話せば聞いてくれるんじゃないかなあ」

「無理でしょう」

一瞬でも話に乗ってしまったのを後悔した。しっ、と光山は口もとにひとさし指をあて、わざとらしく左右を見回してみせた。

「だめだめ、そんなこと言っちゃ」

聞き分けのない子どもを諭すような口ぶりに、ますますむっとした。

「ここでなに言ったって聞こえないでしょう。平気ですよ」

「いや、国を甘く見ないほうがいい」

「別に甘く見てないです。ていうか、国っておおげさな」

「まあまあ。用心するに越したことはない」

「京都から追い出されるとか？」

質問がするりと口をついて出た。特別に意識していたつもりではなかったのに、昼間の会話はまだ頭にこびりついていたようだった。

「それは宮内庁のせいじゃないけど」

光山はやんわりと訂正し、猿のほうを見やって口をつぐんだ。わたしもつられて頭上をあおぐ。やっぱりなにも見えない。

詳しい説明をあきらめかけた頃になって、光山はようやく口を開いた。

「友禅って、知ってますか」

「はい」

なんの前置きもなく問われ、反射的に答えた。京友禅はあまりにも有名だ。

「最初はそこから入ったんです。もともと草木染めをやってたわけじゃなくて」

染めものには、大きく分けて二種類の技法がある。紬《つむぎ》や絣《かすり》といった、先に糸を染めてから布地を織る先染めと、しぼりやろうけつといった、白生地を織ったあとで模様を染める後染めである。友禅は後染めにあたる。職人が一枚一枚違う模様を入れてしあげる手描き友禅と、型紙を使って同じものを何枚も染める型友禅がある。

「高校のときに、友達のうちでたまたま着物を見せてもらってね。あんまりきれいで、感動して」

光山は知りあいのつてをたどって、さっそく手描き友禅の工房に弟子入りした。思いたったらすぐさま走り出すフットワークの軽さは、若い頃から健在だったらしい。

手描き友禅の反物《たんもの》ができあがるまでの工程は長い。下絵を描くところからはじまって、何色もの染料がにじまないようにするための糊置《のりお》き、地の部分に色を入れる引き染め、模様をつける色さし、と続く。引き染めや色さしの後には、生地を蒸して色を染みこませ、水洗いをしなければならない。さらに最後には、それまでの工程でできてしまったしみや色むらを手直しするひと手間も欠かせない。染めあがった布に、金銀を使った金彩や刺繍《ししゅう》の飾りを加える場合もある。これらの工程を、それぞれ専門の職人が分業で作りあげる。

ひととおり見学させてもらって、光山は色さしを選んだ。かたい毛先のはけで刺すようにして生地に染料を入れこんでいくので、こう呼ばれている。地色のついた無地の布に華麗な模様を入れていく作業は、全工程の中でも最も華やかだとも言われているという。

「自分で言うのもなんだけど、筋がいいってよくほめられました。色さしって、色彩感覚が命でね。だから向き不向きがすごく大きい」

配色をどうやって決めるかは状況によって違う。色見本を持ちこみ細かく指定してくるお客もいるし、逆に色みの希望だけ伝えられて具体的なところはお任せということもある。工房に保管してある過去の作品の中から、好きなものを選んでもらう場合もあった。

もともとあったものにせよ、新しいものにせよ、必ず見本を用意してから染めるのが、光山の師匠のやりかただった。この部分にはこの色、と染めはじめる前にきちんと決め、いったん決まったら、できる限りその色に近づける。近ければ近いほどいい。それが職人の腕なのだと教わった。数十年の経験を積んだ師匠が調合した染料からは、常に見本と寸分変わらない色が生まれた。

「それでも納得いかないこともあるらしくて。そうすると不機嫌になっちゃって、もう大変。こっちからすればまったく同じように見えるし、お客さんだって喜んでるのに」

大変だったと口では言いながら、光山はなつかしそうに目を細めている。苦労は多くても、充実した仕事だったのだろう。

「ようやくうまく色が作れても、実際の色つけがまた難しいんだ。模様の境目は糊で区切ってあるけど、染料が多すぎたり手もとが狂ったりしたら、すぐにはみ出しちゃう。あと、むらなく染めるのも技術がいる。乾かすのが早すぎるとむらができるし、遅すぎると色が濁るし。慣れないうちは本当に必死だった」

光山がわたしを見下ろし、歌うように言った。

「この着物は絶対にきれいなひとが着はるんやって、信じて染めよし」

いきなりの京言葉に面食らう。光山はいたずらっぽく笑って、師匠の口癖、と補った。

「そう考えたらいいかげんなことはできないし、いい仕事をしようってやる気がわくだろう、って。それだけは今でも心に残ってる」

過去を慈《いつく》しんでいるような、しんみりとやわらかい口調だった。話を聞く限り、順調だったようだ。不吉な予兆はどこにもない。わたしの疑問が伝わったのか、光山が声を落とした。

「だけど、続かなかった」

まる五年、その工房で働いた。技術はどんどん上達したし、人間関係の面も問題なかった。師匠とも、先に働きはじめていた兄弟子たちとも、うまくやれていた。無骨だが実は面倒見のいい、いわゆる職人気質《かたぎ》の男たちだった。仕事に対するこだわりとプライドは尋常ではなかったが、そこさえ注意していれば良好な関係が保てた。

「ただ、染匠《せんしょう》がねえ」

すらすらと説明していた光山が、急に言いよどんだ。

「センショウ？」

わたしはつい口を挟んだ。いつのまにか話にひきこまれていた。

手描き友禅は個々の職人が分業で作りあげていくため、とりまとめ役が必要になる。そこで、注文の窓口になったり職人たちに仕事を差配したり、全体の工程を管理する「染匠」が活躍する。ひとつの工程が終わるたびに反物を次へと回していくのも、完成品を顧客のもとへおさめるのも、この染匠が担当する。

色さしの職人にとって、染匠との関わりにおいて最も重要なのは色調のうちあわせだ。あらかじめ色見本を準備してくれて、しかもその色あわせが絶妙だという客もいないわけではないけれど、たいていは多かれ少なかれ調整が必要になる。向こうから相談を持ちかけられることも多い。安い買いものではないし、やはり専門家の意見を聞いたほうが安心できるのだろう。客の要望をふまえて染匠と職人で話しあい、提案する。

「見習いのうちは、師匠が前に出てやりとりをしてくれてたからよかったんだけど」

師匠が懇意にしていた染匠のひとりと、光山は致命的にそりが合わなかったのだという。

「なにせ、こっちの意見にことごとく反対してくるんだ。言い返したら、これはあんたのやのうてお客さんの着物なんえ、って言われるし。それがまた、いやみったらしい言いかたでね。いかにも生意気な若造のわがままに困ってるってふうで」

もう何十年も昔の話のはずなのに、光山は憤然と言う。

「基本的にはお客さんの希望に沿って染めなきゃいけない。そんなことはもちろんわかってる。でも、ここは明らかにこの色あいのほうがいいのにっていうところが、どうしても出てくるもんなんだ」

「そういうときって、どうするんですか？」

おそるおそる、聞いてみた。光山がむっつりと答える。

「まず染匠に伝えて、意見が合えばお客さんに打診してもらう。……あいつと意見が合ったことなんて一度もなかったけど」

自分から話してもはねつけられるだけでらちが明かない。しかたなく、まず師匠や先輩に訴えることにした。そこで無事に賛同が得られれば、彼らの口から染匠に伝えてもらう。提案している内容はまったく同じなのに、相手が光山でさえなければ、染匠はすんなり受け入れた。

「そこがまた腹がたってね。はっきり言って、ただのいやがらせでしょう？　しょっちゅう喧嘩にもなった」

嫌悪をむきだしにした憎々しげな口ぶりは、光山らしくなかった。喧嘩を繰り返していたというのも、飄々《ひょうひょう》とした今の態度からはとても想像できない。二重の意味であっけにとられているわたしに気づいたらしく、光山がふと首をかしげた。

「どうかしました？」

「いえ。ちょっと意外だったから……」

曖昧に答えると、光山は照れくさそうに頭をかいた。

「若かったんだな。がまんが足りなかった」

ある日とうとう思い余って、光山は顧客のひとりに直訴した。

相手は老舗の呉服屋だった。京都を中心に関西の旧家を顧客として多く抱え、着実な商売をしている。高級品しか扱わないという営業方針のもと、上質な生地に贅沢《ぜいたく》な模様をちりばめた豪奢な着物を気前よく発注してくれる、よいお客さんだった。

ただし、そのときの注文は、商売のための品物ではなかった。数点の着物はすべて、呉服屋の主人が目に入れても痛くないほどかわいがっている、ひとり娘の嫁入り仕度だった。前の工程で地色がつけられた生地を染匠が持ちこんできたとき、職人たちはこぞって嘆息した。一見しただけで、今回はいつにもましてとびきり上等の生地だというのがわかったのだ。自慢の箱入り娘は才色兼備で名高く、両親の溺愛ぶりは京都の街中に知れ渡っていた。

「くれぐれも間違いのないように、あんじょうお願いしますえ」

染匠はしつこく念を押した。

「お忙しいとこ無理言うて申し訳ないんやけど、ベテランの方がやってくれはるとありがたいわあ」

皮肉なせりふが誰を指してのものか、皆が承知していた。彼と光山が犬猿の仲だというのは、工房の誰もが知っていた。

染匠が帰った後、預かった反物のうちひとつを光山に任せると師匠が言い出したとき、職人たちはどよめいた。もちろん光山も仰天した。

「やってみたいんやろ？」

師匠は苦笑いしながら、光山に色見本の資料を手渡した。

「そんな喉から手ぇの出るみたいな目で見られたら、しゃあないわ」

せやけど、うちらだけの内緒にしとこな。変にもめてもあれやし。師匠は弟子たちをぐるりと見回して宣言し、残りのものについても担当を割り振りはじめた。

光山が受け持つことになったのは、桃か桜か、満開の花をつけた大樹の下に、ゆるやかに蛇行する小川が配された図柄だった。訪問着にしたてあげたときには、しなやかなこずえが右肩から背中にかけて伸び、裾を流れるせせらぎに向けて花びらが散る構図になる。光山は両手を肩口から左膝のあたりまで動かして、風に舞う花弁を表現してみせた。

「花ふぶきが、こうやってざあっと」

先方が出してきた色の案も、悪くはなかったという。ごく薄い黄色の地に合わせて、水は淡い空色、花は赤や薄紅といった暖色系が選ばれていた。上品で可憐で、よくまとまっていた。何百、何千という着物を扱ってきた父親が愛娘のために考え抜いたものなのだから、当然だ。

しかしその洗練された色あわせが、光山の目には物足りなく映った。

「どうも、まとまりすぎててね。おもしろみがないっていうか、守りに入ってるっていうか。要は、たいくつだった」

考えれば考えるほど、この絢爛《けんらん》な柄にもっとふさわしい色あいがあるような気がしてきた。光山がこっそり呉服屋を訪ねたのは、数日後のことだった。

ちょうど、着物を注文してきた父親だけでなく、嫁入りをひかえた娘のほうも店を手伝っていた。戸惑っている親子に向かって、色あわせを見直さないかと光山は切り出した。古典的な柄には個性的な色遣いが逆に映える。色で遊び心を出したほうがいい。他の着物も似たようなおとなしい色調だったから、せっかく何着もあつらえるなら、ひとつくらい雰囲気が違ったほうがおもしろい。

「だって、素材もデザインも文句のつけようがないんですよ。そこにうまく色がのれば、世界に一枚しかない、すごい着物ができる」

まるで目の前で呉服屋の父娘が耳を傾けているかのように、光山は熱っぽく言った。当時もこうやって切々とたたみかけたのだろう。返事を求められているような気さえしてきて、なるほど、とわたしは短い相槌を挟んだ。

「それから、もうひとつ」

光山が表情を和らげて言い足した。

「彼女に会ったのも大きいな。着物は、着るひとのものだから」

呉服屋の令嬢は噂にたがわず美しかった。おしとやかで優美な物腰は、いかにも裕福な良家の箱入り娘のそれだった。

「だけど、それだけじゃなかった。箱入り娘って聞くと、物静かでひかえめなイメージがあるでしょう？　でも、彼女はちょっと違ってた」

彼女からは、きゅうくつな箱の中におさまりきらない、強烈なパワーがにじみ出ていたという。無難な色ではもったいないという気持ちが、ますます強くなった。

「表向きは、黙ってすましてるんだけどね。でも、いくら隠そうとしてもむだなんだ。そういうのって、わかる人間には一発でわかるんだから。本当は、感情が激しくて傲慢なところもあって、一筋縄じゃいかないだろうなって、すぐにわかった」

「初対面だったんですか？」

とうとうと語る光山をさえぎるようにして、わたしは問いかけた。胸がざわついていた。

「うん。父上とは何度か顔を合わせたことがあったけど、娘のほうに会うのははじめてだった」

「それでよく直談判なんてできましたね」

見知らぬ若者がいきなり押しかけてきて着物の色を変えろとまくしたてたのだから、彼女もさぞ当惑しただろう。

「相手がよかったんだなあ。もの怖じするような、やわな女じゃないから。さすがに今ほどはタフじゃなかったはずだけど」

親しげな言いかただった。今ほど、ということは、まだつきあいは続いているのだろうか？　まさかそれをきっかけに、お得意さんになってくれたとか？　わたしの内心を見透かしたかのように、光山は楽しげに続けた。

「藤代です」

わたしは息をのんだ。ぼんやりとかすんでいた箱入り娘の姿が、だしぬけに像を結んだ。正確には、現れたのは現在の藤代さんだったけれども。

「会ったとたんに、ぱあっと具体的な色のイメージがふくらんだ。はっきりした顔だちだし、目が強いから、主張する色でも負けない。それに小柄でしょう？　見える面積が限られるから、くどくなりすぎなくてバランスがとれる」

光山は再び勢いこんで話し出した。

「花も川も、無難なパステルカラーはやめて、もっと濃い色でめりはりをつけたほうがいい。寒色系のほうが甘くならなくてすっきりする。花は紫や藍をメインで、ところどころ白もまぜて軽くして、川は思いきって翡翠《ひすい》色」

想像してみる。それをまとっているモデルのほうではなくて、着物そのものに意識を集中させる。さっき光山の説明を聞きながら思い浮かべていた色あいを、頭の中で塗りかえる。

「モダンでいいでしょう」

光山が得意げに言った。確かにこっちのほうが断然すてきだ。なにより、大胆で斬新な色遣いは、藤代さんによく似合いそうだった。

父娘の反応も上々だった。ところが、それがかえって事態をややこしくした。自尊心をいたく傷つけられた染匠が、金輪際お宅とは仕事をしたくないと言い出したのだ。この染匠が仲介してくれる大口の取引は、工房全体の売上の三割ほどを占めていたから、おおむね弟子に同情的だった師匠も青ざめた。そもそも、今回はさすがにやりすぎでもあった。この業界で染匠を飛び越して顧客と直接やりとりをするなんて、よほど親しい間柄でもなければ許されない。

謝ってくるようにと諭されて、光山はやけになって修業先を飛び出した。

「血の気が多かったよなあ。誰にも文句を言われないで、ひとりで好きな色を好きなだけ作ってやるんだって、やたらに意気ごんじゃって」

光山は珍しく恥ずかしそうに、ぼそぼそと口ごもっている。

わたしはなんとも答えられず、うつむいた。若かりし日の光山を思い浮かべるのは難しい。

ひとを食ったような余裕たっぷりの態度を常にくずさず、平然と落ち着きはらっている光山にも、じたばたしたりあせったりしていた時代があったなんて。

「染めは続けたかった。あきらめたくなかった。だけどさすがに友禅の世界ではもう受け入れてもらえない」

先ほど藤代さんについて話していたときとはまた違った情熱をもって、光山は一気に言いきった。ふう、と深く息を吐く。

「それで、草木染めにした」

師匠との関係がこじれた後も、兄弟子たちのほうは光山の今後を親身に心配してくれていた。そのうちひとりが、京都に出てくる前に地元の四国で草木染めを学んでいて、そこの工房をひそかに紹介してくれたのだ。

「いいところでしたよ。自由で、堅苦しくなくて。工房の雰囲気もそうだったし、草木染めそのものも、なにかとのんびりしてるから」

草木染めは古くから存在してはいるものの、ひとつの伝統技法として確立されているというよりは、個々の愛好家たちがそれぞれ好きにやっている。言い換えれば、厳密な作法もわずらわしいしがらみもなく、自己流のやりかたが許される。

「負け惜しみじゃなくて、純粋に楽しかった。なにからなにまで自分でできるのがうれしくて」

　友禅では全工程のうちほんの一部分、模様の色をつけるところしか担当できなかった。ひとつひとつの作業を、それ専門の技術を磨いてきた職人たちが手がけるしくみは、高い品質を保つという面では理にかなっている。でも草木染めでいったんすべてを自分でこなすようになってみたら、はるかに深い満足感があった。しかも、難しい決まりはほとんどない。ひととおりの基礎知識さえおさえてしまえば、あとは実践あるのみだった。

「友禅は、出さなきゃいけない色が前もって決まってた。見本の色をそっくりそのまま再現するのが、なによりも大事だった」

　古い記憶をなぞるかのように、光山はゆっくりと言葉を継いでいく。

「それが草木染めだと、ねらったとおりの色に染めるのももちろん重要だけど、最優先ってわけじゃない。予想と違ってたって別にかまわない。とにかく、その植物が持ってる一番いい色を引き出してあげる」

　実習に精を出すうち、すっかり草木染めというものに夢中になっていた。植物は、生きものだ。人間の顔や性格がひとりひとり違っているように、たとえ同じ種類の草であっても、生まれる色は微妙に違う。

「その色が出てくるのは一度きり。たったの一度。まったくおんなじ色は二度とできない。

そこに、惹かれた」

正直言って、と光山はわずかに口調をあらためて続けた。

「京都のことはほとんど思い出さなくなってた」

転機が訪れたのは、四国に渡って数年が経った頃だった。

「嵯峨野《さがの》の工房から声がかかったんです」

きっかけは、京都で行われた染めものの作品展だった。西日本一帯の染色家たちが参加する大規模なものだ。

「スカウトみたいなものですか？」

「いや、そうじゃなくて」

光山が首を振った。

「藤代がね」

「藤代さん？」

わたしはおうむ返しに聞き返した。

「どうも、責任を感じてたらしくて」

京都を去った若い染めもの職人のことを、藤代さんはずっと気にしていたのだという。諍《いさか》いの発端は自分の着物だったわけだし、こちらが光山の肩を持ったために染匠がいっそうへそを曲げてしまったのも気がとがめていた。しかし工房を飛び出した職人がどこへ行ったのか、周りの人間は誰も知らなかった。父親を介して、師匠だった工房の主や染匠にもたずねてみたものの、行方はわからずじまいだった。あきらめかけていたときに、たまたまその作品展を見にいった。

「で、運命の再会を果たした」

光山が肩をすくめてみせた。

「ばったり会ったんですか？」

そんな偶然があるものだろうか。それとも、運命とやらの力で引き寄せられたのだろうか。どっちにしても、すごいめぐりあわせだ。

「作品とね。会場に展示されてるのを見て、ぴんときたらしい」

藤代さんの行動はすばやかった。会場に足を運んだその日に、展覧会の主催者経由で光山に連絡を入れた。とんとん拍子に会う日どりが決まった。

「あのときはびっくりしたなあ」

光山はまるで見えない猿に語りかけるかのように暗がりを見上げ、なつかしげな声を出した。

「直接謝りたいっていったって、まさか本当に来るとは思わなかった。だって、高知だし」

それは、と言いかけて、わたしは口をおさえる。藤代さんをつき動かしたのは、ただの罪悪感だけではなかっただろう。いくら申し訳なく感じていても、はるばる乗りこんでいくには遠すぎる。

わたしも、むろん猿も、黙っていた。しばらく続いた沈黙を破ったのは、光山だった。

「すみません」

唐突に謝り、くるりと振り向いてわたしの顔をのぞきこんだ。

「自分の話ばっかり、長々と。たいくつだったでしょう」

「いいえ」

わたしは答えた。少なくともたいくつはしていない。光山は決して口数が少ないほうではないのに、よく考えれば「自分の話」、特に過去の話についてはほとんど聞いたことがなかった。ちょっとためらってから、言い添える。

「聞けてよかったです」

言いきってしまうと、少し楽になった。主要登場人物が藤代さんだったとしても、やっぱり聞けてよかった気がする。光山がほっとしたように目を細めた。

「まあ、さっきも話したとおり、その後も何度かごたごたしたんだけど。でも結局は、戻ってきた」

ここに、と両手を広げてみせる。話に集中していて気にならなかったが、周囲には相変わらずちらほらと人影があった。恋人どうしだろうか、そろいのジョギングウェアを着た若い男女が、わたしたちには目もくれずに通り過ぎていく。砂利を踏む足音が、みるみる遠ざかって消えた。

「がまんが足りなかったし、好ききらいもはっきりしすぎてたんだな」

光山がひとりごとのように言った。

「まあ、それは今もか。好きなものは好きだし、好きじゃないものは好きじゃない。しょうがないな。気持ちはどうしたって変えようがない」

好きなものは好き。好きじゃないものは好きじゃない。しみじみとした光山の声が、耳にしみ入る。

「どうしてだろう。好きだと、緊張するのは」

緊張するな。うん、緊張する。

つぶやきながら、光山がわたしの髪にふれた。すいと顔を寄せられて、わたしは思わず目をつぶった。ささやき声が、すぐ耳もとで聞こえた。

「でも、好きなものはほしくなる」

光山の唇はひやりと冷たかった。刈安のような、ほの甘いにおいがした。

接吻

キスがなんだ。

御苑の砂利道を急ぎ足で歩きながら、わたしは思う。この前とはうって変わって、あたりは明るい。秋晴れの陽ざしが丁寧にととのえられた植木や芝生を照らしている。こういう日に特有の淡い水色に澄んだ空には、雲ひとつない。指先で、唇にふれてみる。ちょっとかさついている。

キスがなんだ。家からここに来るまでの間、心の中で何回唱えたかわからない。今日だけじゃない。昨日も一昨日もその前も、つまり光山と猿が辻を訪れた夜からずっと、自分に言い聞かせている。キスがなんだ。中学生でもあるまいし、一回キスしたくらいで動揺してどうする。光山の意図もよくわからない。意図なんかないという可能性も高い。しかもふたりとも酔っていた。ここはおとならしく落ち着いて、なに食わぬ顔でやり過ごしたらいい。

あの晩、光山は家の前まで送ってくれた。あがりこもうとはせず、わたしには指一本ふれないで帰っていった。わたしは機械的に顔を洗い歯を磨き、着替えてふとんにもぐりこんだ。いつまで経っても眠気はこなかった。くる気配もなかった。頭はしんと曇りなく冴えていた。気がつくと朝になっていた。

電話が鳴った。空耳かと思ったら、本当に鳴っていた。わたしが受話器を耳に当てるなり、

「今度は昼の散歩にいきましょう」

と、光山はなんの前置きもなく言った。昨日はどうもとか、早朝にすみませんとか、社交辞令めいた挨拶は口にしなかった。まるでわたしが一晩中眠れなかったことを、見通しているかのようだった。

猿が辻に着くと、光山はすでに待っていた。

いつもどおりの和服姿だ。明るい茶色の着物に濃紺の帯をしめている。わたしをみとめて、うれしそうに手を振った。袖がひらひらと軽やかに揺れた。

「やっぱり昼間のほうが明るくていいな」

軒下の猿を見上げ、光山が言った。

「まだ、ひなたはあったかいし」

「そうですね」

慎重に答えた。服装、明るさ、気温、なにもかもをこの間の夜と比べてしまう。同じ場所

に立ったときの一部始終が、いやおうなく思い起こされる。

「猿もちゃんと見える」

「そうですね」

どうもうまく言葉が出てこない。あせっているわたしに気づいているのかいないのか、光山は茶目っ気たっぷりに言い添えた。

「よかった。逃げ出してなくて」

「え？」

今度は自然に声がもれた。一瞬、自分のことを言われているのかと思ったが、光山は相変わらず猿を見ている。

「でも気の毒だよなあ。こんなところに閉じこめられちゃって」

またおかしなことを言いはじめた。木像が逃げるわけがない。受け流すべきか、なにか口を挟むべきか、迷っていたら、光山は冗談めかして目をみはってみせた。

「あれ、もしかしてごぞんじない？」

猿が辻に祀られている木彫りの猿の由来を、わたしは半分しか理解していなかったらしい。都の平和を脅かす魑魅魍魎《ちみもうりょう》に立ち向かう、という気高い使命は確かに間違いではないものの、実は別の顔もあるそうだ。

「すごくやんちゃな猿でね」

　まるで自分のペットを紹介するかのように、光山は言った。

「ちょっと調子に乗りすぎたんだな。だからこうしてつかまってしまった」

　神の使者として遣わされたにもかかわらず、夜な夜な軒先から抜け出して騒ぐので、とうとう悪さができないように閉じこめられてしまったという。わたしも猿の周りにはりめぐらされている金網の存在には気づいていたけれど、木像を保護するためだとばかり思っていた。

「なかなか人間味のあるやつでしょう。あ、人間じゃなくて猿か」

　光山が目を細めて猿を見やった。

「かわいそうになあ。ちょっと息抜きさせてやったっていいようなもんなのに。来る日も来る日もストイックに鬼退治じゃあ、ストレスもたまるだろうし」

　わたしは黙ってうなずいた。古くからの知りあいに意外な一面を見せられたときのような、複雑な気分になっていた。

　これまでわたしは、何度も猿に元気づけられてきた。ひとりぼっちで戦う姿に、共感のような仲間意識のようなものすら感じていた。わたしが対峙しなければならない相手は鬼ほどおそろしげではないが、しかしまた違った意味あいで厄介なものたちだった。

「身につまされるな」

光山がしんみりと言った。もう笑っていなかった。共感のような仲間意識のようなもの、を猿に対して抱いているのは、わたしだけではないのかもしれない。

でも、光山はちっとも不自由には見えない。好きなことを仕事にして、さらにそれが順調で、自由自在にふるまっている。なにかに縛られたりとらわれたりするなんて似合わないし、仮に無理強《むりじ》いされそうになっても、健気に耐えしのぶ柄ではない。金網を蹴破って、どこでも行きたいところへ行くだろう。

あ、と声をもらしそうになったのは、思い出したからだった。あの夜、まさにこの場所で、光山は昔の話をしてくれた。

今は確かに、光山はのびのびやっている。自ら工房をかまえ、周りからも認められ、仕事は軌道に乗っている。でも、最初からなにもかもうまくいったわけじゃなかった。理不尽なしうちにがまんを重ね、ときには京都を離れなければならなかった。光山にもままならない不遇の時代があったことを、わたしはもう知っている。

視線に気がついたのか、光山がこちらに向き直った。

「晴れてよかった」

にやりと笑い、おどけた口ぶりで続ける。

「雨だったら、またがっかりが二倍になるところだった」

この前、暗くて猿の姿が見えなかったとき、それでもひとりよりはふたりのほうが慰めあえるからいいと光山は言った。わたしは賛成できなかった。残念だと声をかけあったところで、かえって落ちこむだけだと反論した。がっかりが二倍になる、と。

ひょっとしたら、がっかりだけじゃないのかもしれない。ふたりでいるとき、倍増するのは落胆だけじゃない。ありとあらゆる感情がふくれあがる。だからこんなに気持ちが不安定に揺れてしまうんだろう。

「さて。次はどこに行こうかな」

光山が歌うような調子で言った。

「どこでも」

わたしの返事は、思っていたよりもそれこそ何倍も、晴れやかに響いた。われながら少しびっくりしていたら、にっこり笑いかけられた。

「いい返事だ」

光山はわたしの手をとって、ゆっくりと歩き出した。

月に二度か三度、わたしたちは会った。

近場で食事をしたり、散歩をしたり、大原にもまた行った。並んで歩くときは手をつないだ。夜、人目につかないところでは、何回か軽く唇を重ねた。でも、それだけだった。光山はわたしの家にはあがらない。もちろんわたしのほうからも誘わない。

店では、何人かの常連客から立て続けに声をかけられた。

「なんや最近、雰囲気変わらはりません？　髪型かな？」

まじまじとわたしを見つめるひともいれば、

「なにかいいことありました？」

単刀直入にたずねてくるひとも、

「ちょっと店長さん、やせはったんちゃう？　どないしはったん？」

と見当違いのことを言うひともいた。その後は、多少気をつけるようになった。無防備に、あるいは無節操に、そういう雰囲気を振りまいていたのが恥ずかしかった。

他に要注意なのは、ブライアンとふやまちのオーナーあたりだったが、幸い彼らとはしばらく話す機会がなかった。ブライアンはちょうど学会がたてこむ時期で出張が続いているようだし、ふやまちには足を運ばなければそれですむ。どうしてもオーナーの手料理が恋しくなったときは、お客の多い金曜や土曜をわざとねらい、食べ終えたらだらだらと居座らずにすぐ退散した。

自分でも感じられる変化も、いくつかあった。西陣のこみいった路地で迷わなくなった。

一乗寺に行きつけの蕎麦屋ができた。大原の屋敷でじろじろと顔を見られることも、もうない。猿が辻のいわれを説明する立て札が、なぜかずいぶん離れた芝生の上に設置されているのも、今さら知った。通りすがりのおばあさんが、飽きずに猿を眺めているわたしたちを観光客だと勘違いしたらしく、親切に教えてくれたのだ。

一方で、光山のほうもなにか変わったのかというと、よくわからない。やせたようにも髪型が変わったようにも見えないし、わたしへの態度もほとんど前のままだった。相変わらずいきなり電話をかけてきて、あるいは店まで直接やってきて、出かけようと誘う。その頻度は上がったとはいえ、お互いに仕事の都合もあって、休みが合わなければしばらく会わないときもある。それもまた、以前と同じだった。

ただし、わたしから見た光山ということなら、前とは違うところがいくつもある。別に当人が変わったというわけではなく、わたしが新しい面を発見したに過ぎないのだろうけれど。

光山はちょっと方向音痴だ。どの方角を向いていても、右手が東で左手が西のような気がしてしまうらしい。蕎麦を食べるときは、盛大に音を立ててすする。江戸っ子はこうするんだと得意そうに注釈をつける。小型犬を苦手にしている。踏んづけてしまいそうでこわいのだという。好物は肉、しかも断然牛肉が好きで、きらいなのは貝類。見た目も食感も気持ち悪いそうだ。変わった野菜は、食べられなくはないけれど、敬遠している。トマトやなすやきゅうりは問題ないが、アボカドやアイスプラントは食べたがらない。ズッキーニは微妙。

そして、光山はやっぱりマイペースだった。が、そういう性質の持ち主にままあるように、自分のやりかたを相手にも強《し》いることはなかった。こちらが断っても、特に気にするそぶりもなく、好きなようにやればいいとばかりに泰然としている。若い頃は血の気が多かったとかうそぶいていたけれど、少なくとも今の光山は、かなり気が長いほうだ。おかげでわたしもあせらずにすんだ。のろのろとしか歩けなくても、少しずつしか変わっていけなくても、のんびり待っていてもらえるような気がした。

工房にだけは一度も行っていない。

藤代さんにはあまり会いたくなかった。光山とふたりで会っているというのを隠したいわけではない。そもそも、そんなことは向こうだってとっくに承知しているだろう。ただ、変わった、とあらためて言われるのが気詰まりだった。しげしげとわたしを眺めて微笑む藤代さんの顔が、目に浮かぶ。

顔を合わせなくても、藤代さんの言葉はたびたび頭によみがえってきた。

「紫さんは特別なんでしょうね」

ことあるごとに穏やかな声音を思い出し、飴玉をなめるように反芻《はんすう》してしまう。当初その飴は甘いような苦いようなすっぱいような、とにかく変わった味だったはずなのに、舌になじんだのか、よくわからなくなってきた。

ああ言われたから自信を保てているというわけでは、決してない。逆に、他の「ガールフレンドたち」のことが気になってしかたないというようなことも、なかった。ガールフレンドが何人いたとしても、会わなかったら存在しないのと同じことだ。若い頃だったらもっと違う考えかたをしたのかもしれないが、今のわたしにとってはそれが素直な実感だった。その意味では、藤代さんだけが存在しているのだった。

それでも、気分はおおむね安らかだった。なにか特別な魔法でもかかったかのように、日々はまるくやわらかく過ぎていく。おかしなことだった。これまでは、ひとりでいるのが一番だと信じていた。せっかく好みどおりに居心地よくしつらえてある快適で清潔な部屋に、誰にも立ち入ってほしくなかった。現に最初は光山も、調和と静寂を乱す、招かれざる客に見えた。

十一月の末に、赤く色づきはじめた鴨川の紅葉を見にいった。帰りに寄った先斗町《ぽんとちょう》の小料理屋で、光山はなにげなく切り出した。

「年末、どこかに旅行でも行きたいな」

わたしはそんなに驚かなかった。

「温泉なんか、どうかな」

ちょうど、日本酒で乾杯した直後だった。わたしが考えている間に、光山はさっさと杯を空けて手酌で注ぎ足し、それもひと息に飲み干した。再びとっくりに手を伸ばしたところで、結論が出た。

「行きましょう」

わたしが答えると、光山は深く息を吐いた。よかった、とつぶやき、

「ああ、緊張した」

と続けた。

「嘘ばっかり」

わたしは笑った。嘘じゃないのはわかっていたけれど、そうでもしないと照れくさかった。光山は、はじめて一緒に猿が辻へ出かけたあの晩と、同じ目をしていた。

「意地悪だな」

光山も笑った。満足そうだった。

十二月はじめの定休日は、ひさびさにひとりで過ごした。光山が得意先との商談と会食のために、一日がかりで大阪に出かけてしまったのだ。

朝から掃除機をかけ、洗濯機を回してシーツを替えた。つけっぱなしのラジオから、ひっ

きりなしにクリスマスソングが流れてくる。押入れにしまってあった毛布と電気ストーヴも出した。変化にかまけて、日常をおろそかにしてはいけない。

午後は、衣替えをした。押入れの奥から衣裳ケースをひっぱり出し、セーターやウールのスカートを、手前のひきだしに入った秋物と入れ替えた。

わたしはあまり買いものが好きじゃない。長く着られそうなデザインの服を買い、実際に何年も着る。特に冬服は比較的もちがいいので、いつどこで買ったのか思い出せないものすらあった。一見すると問題なくても、よく見たら毛玉がついていたり生地がくたびれていたりする。ひどいものは処分しようと選り分けながら、きれいな色のセーターでも買おうか、とふと思いついた。淡いすみれ色なんかいいかもしれない。光山もほめてくれそうだ。

新潟は、どのくらい寒いんだろう。なにを着ていけばいいだろう。

日本海に面した温泉宿を予約したという電話がかかってきたのは、小料理屋で話した翌日だった。こういうときの光山はいつにもまして行動が早い。米も日本酒もうまいよ、蟹も食おう、とほくほくした声で言っていた。

ウールのコートにかかったクリーニング店のビニールをはずそうとしたところで、胸のあたりに薄いしみが広がっているのに気づいた。ベージュのコートは、何年か前のクリスマスに両親から送られてきたものだ。そのときに赴任中だったスウェーデンだったかフィンランドだったか、とにかく寒そうな国で作られたもので、軽いのにびっくりするくらいあたたかい。

なんだろう。指でふれてみても、もちろんしみはとれない。よく見たら、ゆがんだハート形をしている。

どうしようか少し迷って、もう一度クリーニング店に持っていってみようと決めた。去年も一昨年も、厳しい京都の冬を乗り越えるために重宝したコートだ。裾が膝ぎりぎりまで届く長めの丈も、日本人にしては背の高いわたしにぴたりと合っている。できれば引き続き活躍してもらいたい。

クリーニング店にお客はいなかった。道に面したガラス戸越しに、白髪のおばあさんがひとりで店番をしているのが見えた。家から徒歩三分のこの店には、祖父母が健在だった頃からお世話になっている。

ざっと事情を説明して、ビニールごと抱えてきたコートをカウンターの上に広げた。実物を見てもらったほうが早い。おばあさんは老眼鏡をかけてコートに顔を近づけ、悲鳴を上げた。

「これはひどいわ。堪忍《かんにん》な」

「いえいえ」

わたしはあわてて言った。責めるつもりではなかった。

「わたしも受けとったときには気がつかなかったので。もしかしたら、後から浮いてきたのかもしれません」

「とりあえず、預からせてもろてもええかしら？　案外きれいに落ちるかもしれんし」

おばあさんは慎重な手つきでコートをカウンターの端に寄せ、その横でぶあついバインダーを開いた。昔ながらのこの店では、コンピューターは使わず、紙と鉛筆で預かった服を管理している。顧客ごとにページが分かれていて、わたしは祖父母のものを引き継いだ。

「じゃあお願いします」

軽く会釈して、わたしは店を出ようとした。戸を引こうとしたところで、あっ、と後ろから声が追いかけてきた。

「せや、前のが一枚だけ残ってるんやったわ。持って帰ってくれはる？」

そういえば、だいぶ前に留守電が入っていた。秋のはじめにまとめて出した夏物を受けとったとき、手違いで一枚だけ店に残ってしまっていたらしい。引きとりにいかなければと思いながら、そのままになっていた。

いったん奥へとひっこんだおばあさんは、コートよりもひと回り小さい、同じ透明のビニールがかかったハンガーを手に戻ってきた。中身はベージュのカプリパンツだった。ビニールの上のほうに、クリップでメモがとめてある。

「これだけ別によけてたんよ。それでしっかり忘れてしもて、ほんまあほやねえ」

おばあさんはぶつぶつとつぶやいて、メモをはずした。

「しみは見逃すわ、服は渡しそこねるわ、うちもそろそろ引退かもしれんね」

渡し忘れはしかたないからいいとして、どうしてこの服だけとりのけられていたのかのほうが気になった。それこそがんこなしみでもついていたのか。質問しようとしたら、おばあさんがメモをカウンターに置いて、わたしのほうへとすべらせた。

「はい、これ。ポケットに入ってましたよ」

レシートのような、薄手の白い紙きれだった。四つ折りになっている。

「洗う前に一応ね、確認するんよ。こうやってポケットになんや入ってたり、ボタンが取れかけてたりして、失《うしの》うたら大変やろ？　で、洗った後にまた元の服と合わせるの。ほんで別にしてあったんよ」

細かい説明をほとんど聞き流して、わたしはその紙片に注目した。見覚えはある気がする。ただ、いつどこで目にしたのかが思い出せない。手にとって広げればすぐに中身はわかるのに、なぜか体が動かなくて、つったったまま記憶をさかのぼった。最後にこのカプリパンツを身につけたのは、いつだっただろう。

「はい、どうぞ」

おばあさんがビニールの包みを差し出した。わたしは我に返って頭を下げ、袋を胸に抱えた。カウンターには紙きれだけが残った。反射的に手を伸ばしてつまみあげ、ジーンズの後ろポケットにつっこんだ。

その瞬間に、思い出した。

あのときも、こんなふうだった。すすきの向こうに誰かの気配を感じて、あわててこの紙きれをポケットにねじこんだ。もともと入っていた、つまり光山から借り受けたカーディガンのポケットにではなく、自分のカプリパンツのそれに。あの日はあれからいろんなことがありすぎて、すっかり忘れてしまっていた。

店を出て角を曲がるなり、わたしはがまんできずにポケットに手を差し入れた。家に帰るまで待てない。歩きながら、折りたたまれた紙をあわただしく広げてみる。

足が止まったのは、衝撃的な内容が記されていたから、ではない。拍子抜けしたのだ。それはなんの変哲もない、スーパーマーケットのレシートだった。わたしも行ったことのある北大路の店で、七月十六日午後四時三十二分と印字があった。

宵山の日だ。

わたしとブライアンが四条烏丸で光山たちに出くわしたのは、日が暮れた後だった。スーパーで買いものをしていたのはその前ということになる。光山が藤代さんにつきあったのかもしれない。わたしたちと会ったときにはふたりとも手ぶらだったのは、いったん家に戻って荷物を置いた後で宵山にやってきたからだろう。

そこまでは見当がついたものの、ちょっと意外な感じはした。光山にしても藤代さんにしても、スーパーマーケットにいる姿がなんとなく想像できない。あのふたりはああいう場所に似合わなすぎる。カートを押して歩く様子を思い浮かべようとしても、さっぱりうまくいかなかった。

わたしは光山と一緒にスーパーに行ったことがない。そんな機会がない。わたしの知る限り、光山はほとんど自炊をせず、食事は外でまかなっている。わたしのほうは、家で簡単な料理を作ることもあるけれど、食材はむろんひとりで買いにいく。男のひとに手料理をふるまう趣味はないし、少なくとも今のところ、そういう予定もない。

藤代さんは、光山に料理を作ってあげているのだろうか？　自宅で？

つい気が散ってしまった。深呼吸をして、レシートに視線を戻す。けっこういろいろ買っている。

ブタカタロースニクヤキブタヨウ。カンチューハイレモン。キュウリ。カミオムツサンサイジヨウ。ショウガ。ミラクルキューティーガールズチョコ。カンチューハイライム。チリメンジャコ。ジューシートリカラアゲ。カニクリームコロッケ。ダイドコロセンザイツメカエ。ユズポンズ。サバミソニカンヅメ。レイトウギョウザオトクヨウ。バターロール12コイリ。カツオタタキ。

謎は深まった。

あの美しいお弁当を作ってきてくれた藤代さんが、できあいのからあげや冷凍食品を買いこんでいるとは考えられない。缶チューハイも飲みそうにない。それに、紙おむつ？　ミラクルキューティーガールズ？　藤代さんに小さな子どもがいるという話は聞いたこともない。もちろん光山にも。いや、三歳児なら、子どもじゃなくて孫だろうか？

ありえない。

藤代さんのでも光山のでもないとしたら、これは誰の買いものなんだろう。どうしてそのレシートが光山のカーディガンに入っていたのか。誰かに頼まれて買いにいったんだろうか。こんな日用品の買い出しを引き受けるなんて、そうとう近しい間柄に違いない。

あらためてレシートを上から下まで眺めてみたものの、日付と場所と買いものの内容だけではなんの手がかりにもならなかった。わたしは途方に暮れてレシートを裏返した。

手がかりは、そこにあった。

さっきはあせっていて気づかなかった。裏面の端に、ボールペンで小さく数字が書き入れられている。十一桁、携帯電話の番号だ。まるっこく線の細い、明らかに女性の筆跡だった。

わたしはレシートを握りしめ、歩き出した。家に向かって。もっと正しくいえば、家にある電話機に向かって。さっきまでいろんな疑問が入り乱れていた頭の中が、空っぽになっていた。このレシートがどういういきさつで光山のカーディガンに入っていたのか、詳しい理由はもはやどうでもよかった。どうしてもこの番号にかけてみたかった。相手の声を聞いてみたかった。

相手は留守だった。けれどわたしの願いはかなえられた。

声は、聞けた。若々しい、能天気に明るい声で、舌っ足らずのかわいらしい応答メッセージが吹きこまれていた。

「ハイ、エリナデス。タダイマ電話ニ出ルコトガデキマセン。メッセージ、ヨロシクネ!」

わたしは無言で受話器を置いた。

二週間ぶりに会う光山は、いつにもまして機嫌がよかった。調子はずれな鼻歌に合わせて体を揺すりながら、もくもくと湯気の立つ大鍋をかき回している。

「ひさしぶりに紫さんの顔が見られてうれしい」

と口では言っていたけれど、どこまで本気なのかはかなりあやしい。さっきから、わたしよりも鍋の中身にばかり注目している。

わたしはコンロのそばから離れ、ソファに腰かけた。畳敷きの和室、中央に置かれた大きな円卓、壁沿いに並ぶ大小のたんす。ひさびさに足を踏み入れた工房の様子は以前と変わらない。最初にここへ来た日のことを、ふと思い出した。紫のハンカチを染めたのは何年も昔のように感じられるが、まだ半年ほどしか経っていない。あのときも、コンロの上で鍋が煮えたぎり、青くさい草のにおいが部屋いっぱいに満ちていた。

半年の間に変わったのは、たんすにしまわれている作品がいくらか入れ替わっていることくらいだろうか。それから、流しの窓からさしこんでくる光がやや勢いを失っている。白っぽい冬の陽ざしが、光山の背中をぼんやりと照らし出している。あとは、鍋で煮こんでいる草も、前とは違う。今日は刈安が入っている。

伊吹山でとってきた、最後の一束だという。使いきってしまう前に、染めるところを一度見にこないかと誘われたのだった。行くとすんなり即答したら、電話の向こうでしばらく沈黙があった。びっくりしたのだろう。これまでなにかと言い訳して工房を避けていたことは、気づかれていたのかもしれない。もしかしたら、その理由にも。

出迎えてくれた光山は、藤代は留守なんだ、とまっさきに告げた。わたしはなんとも答えなかった。本当は、気配りなんかいらないと言いたかった。どちらかといえば、藤代さんと会って話がしたいくらいだ。話というか、質問がしたい。エリナって誰ですか。たずねれば、藤代さんは答えてくれそうな気がした。

もう一度、部屋の中をぐるりと見回した。たんすや鍋の中身は半年前と違う。わたしの中身は、どうだろう。

先週、レシートに記されていた番号に電話をかけてみたときの動揺は、もうおさまっている。光山にガールフレンドがいるという事実はもともと知っていた。思いがけないかたちで声を聞いてしまったせいであわてただけだ。今さら衝撃を受けるほどのことじゃない。

「あともうちょっとだな」

光山がようやく鍋から離れ、こちらのほうへやってきた。

「今日はせっかくだから麴塵《きくじん》をやってみようかと思って」

「キクジン？」

わたしは首をかしげた。色の名前か、染めかたの手法か。

「うん。禁色《きんじき》のひとつでね、ちょっと難しいんだけど」

キンジキ、は聞き返さなかった。もう知っている。古来、皇室だけが用いることを許された高貴な色のことを指す。

「ふたつの草をかけあわせて作る。ひとつは刈安」

光山が言葉を切って、思わせぶりにわたしを見た。

「もうひとつは、ムラサキ。それで何色になると思う？」

紫と聞いて興味はひかれたものの、黙って続きを待った。こういう問いかけに答えは必要とされていないというのも、もうわかっている。

「一般的には、深い緑。でもただの緑じゃない」

麹塵色の最大の特徴は、光の種類や角度や強弱によって変化する、不思議な色彩だという。ふだんは緑、もしくは紺がかった色に見えるのに、時として華やかな赤みがさすのだそうだ。

色が変わると聞いて、ひとつの光景が脳裏をよぎった。

「あのときの？」

思わずつぶやいた。一瞬きょとんとした光山も、すぐに合点したようだった。

「そうそう。麹塵は、ああいう、ここぞというときに着るのがふさわしい」

はじめて出会ったパーティー会場で、わたしは光山の着物に目を奪われた。照明のせいか緑より茶色に近く見えたし、赤みを帯びるのではなく輝いたように記憶しているが、とにかく不思議な印象は心に焼きついている。

「光った？　それはおもしろいな」

わたしの目の錯覚は、光山を喜ばせた。

「力のある色だから、そういうこともあるかもしれない。実際に、運命を引き寄せてるわけだし」

「運命？」

「だって、あれを着てたときに紫さんにめぐり逢えた」

「服は関係ないでしょう」

またおおげさなことを言っている。このひとは本当に調子がいい。どんな服を着ていたって、運命とやらにぶちあたるくせに。

「そうかな、関係ないってことはないと思うけどなあ」

関係ない。きっとない。言い返したいのを、唇をひき結んでこらえた。下手に口を開いて、エリナという名前がこぼれ落ちてしまわないように。

彼女に会ったときも、麹塵を着てたの？　やっぱり運命に導かれたと思ったの？

「わかった」

　光山が低い声で言った。心の中を読まれたような気がして、わたしはぎょっとして顔を上げた。

「服は関係ない」

　光山は真顔で続けた。

「出会うべくして、出会ったんだ」

　わたしは詰めていた息を一気に吐いた。

　肩の力が抜けた拍子に、なにもかもがばかばかしくなってきた。もういいや、と思った。もういい。深く考えないでおこう。たとえエリナが運命の相手でも、わたしにはなんの関係もない。

「じゃあ、はじめようかな」

　光山がまた鍋のほうへ戻りかけたとき、玄関のほうで物音がした。

「こんにちはあ」

　鼻にかかった甘い声には、聞き覚えがあった。

　はじめまして、と頭を下げようとしたわたしに、エリナは得意そうに言ってのけた。

「はじめまして、やないんやけどなあ」

どういう意味なのかはかりかねて、見つめ返してしまった。エリナは胸の前で腕を組み、顎をしゃくってこちらを見据えている。彼女のほうが背が低いので、わたしが見下ろす格好になる。二十歳そこそこだろうか。淡いピンクのふわふわしたノースリーブのニットに、ツイードのミニスカートを合わせている。声も幼いが、顔だちもあどけなく、濃いめの化粧があまり似合っていない。つやつやした血色のいい肌はファンデーションの力だけではなさそうだ。

見覚えは、なかった。一体いつ、どこで会っただろう。まさか留守番電話のことを言っているわけではないだろう。

「うそ、覚えてはらへんの？」

じれたようにたたみかけられても、まったく心あたりがない。店のお客さんかとも思ったけれど、わたしの顔を覚えているということは、常連の可能性が高い。それならこちらの記憶にも残っているはずだった。

「それだけじゃわからないよ」

光山が苦笑して口を挟んだ。エリナが入ってきたときには目をみはっていたものの、もうふだんの調子に戻っている。

「そう？」

エリナはすまして応じ、さっさと円卓のそばに腰を下ろした。座るように目でうながされ、わたしは卓を挟んでエリナの向かいに正座した。光山は女ふたりのちょうど真ん中あたりであぐらをかいた。

また、三人だ。

ちょうど頭の上、二階の事務所で、光山と藤代さんと一緒にお茶を飲んだ日の気まずさがよみがえる。あのときはわたしが闖入者《ちんにゅうしゃ》だった。後から割りこんできたよそ者として、終始、居心地が悪かった。一方、あとのふたりは余裕たっぷりに、不意の来客を悠々ともてなしていた。

「しゃあないなあ。じゃあ、ヒントあげよか」

エリナは特に居心地悪そうには見えない。むしろ生意気なまでに落ち着きはらっている。逆に、わたしには余裕がない。無表情を保つので精一杯だ。

「祇園祭」

まず思い浮かんだのは、当然ながらあのレシートだった。

エリナの電話番号が書かれていたのだから、なにかしら関係があるのは間違いない。どんなに腕の悪い探偵でもそのくらいはわかる。ただ、わたしとの接点は見つからない。なんだろう。あの買いものの中身に「ヒント」があるのだろうか？　品目を並べたら暗号になっていたとか？　まさか。

「降参？」

エリナは円卓に頬杖をついて、わたしを見ている。真っ黒なアイラインでくっきりと強調されたまるい目が、笑っていた。

だんだん腹が立ってきた。降参もなにも、特に知りたくない。いや、全然知りたくない。おとなげなく切り返してしまいそうになるのをがまんして、とりあえず微笑んだ。子ども相手にぴりぴりするのはみっともない。

「ごめんなさい。わからない」

ひとまず謝ったのは、失礼をわびるべきだと考えたからだ。良識あるおとなとしては、礼儀知らずの小娘に同じ態度で仕返しするわけにいかない。

「ほら、宵山のときに……」

見かねたらしい光山が割りこんできた。エリナがわざとらしく頬をふくらませ、光山を軽くにらんだ。

「ちょっと、コーちゃんは黙っててんか。エリが教えたげるんやから」

コーちゃん？

啞然としてふたりを見比べているわたしにはかまわず、光山は神妙に口をつぐんだ。エリナが小鼻をふくらませて説明をはじめる。

「宵山の晩に会うたやん？　みっちゃんがぐずってたときに、コーちゃんが話しかけてくれはって。長刀鉾の下らへんやったかな」

長刀鉾という固有名詞が、記憶を連れてきた。祇園囃子の音色。熱気をはらんだ蒸し暑い空気。闇にぼうと浮かびあがっている、無数の提灯。そして、女人禁制の長刀鉾に上りたいとせがむ幼い女の子と、娘をなだめあぐねて途方に暮れていた若い母親。

髪をひとまとめに結いあげた浴衣姿が、目の前のエリナにゆっくりと重なった。くるくるのパーマヘアを胸のあたりまでたらし、冬だというのに腕も脚も潔くむきだしにしている今の姿とはまるで雰囲気が違うけれど、そう言われてみれば顔はおんなじだ。

「あのときの、お母さん？」

とっさに、本人ではなく光山のほうに話しかけてしまった。光山が返事をする前に、エリナが甲高い声で笑い飛ばした。

「いややわあ。お母さんなわけないやん。うち、まだ二十歳やで？」

エリナはとにかくよく喋った。あのとき連れていた「みっちゃん」の母親は、エリナの実姉にあたること。大学が休みの日には、共働きの姉夫妻のかわりによく姪の面倒を見ていること。宵山の夜は、体調をくずしていた姉を留守番に残し、義兄と甥と連れだって四人で見物に出かけていたこと。鉾に上る父と弟に置いていかれたみっちゃんがすねてしまい、手を焼いていたこと。

「あの子、ぐずりはじめたらしつこいねん。せやけど、おかげでコーちゃんに会えたわけやし、感謝せなな」

光山とは、あの場ではいったん別れたものの、もう一度ちゃんとお礼が言いたくて追いかけたらしい。運よくまた別の鉾の下でつかまえることができ、あわてて電話番号を渡した。その後、はじめて工房を訪れて感動し、染めものを学ぼうと決意した。今では週に一、二回ほど工房に通って、光山に基礎から教えてもらっているという。

黙って聞いているわたしと同様、光山もおとなしかった。穏やかな表情で目を細めている様子が、娘のとりとめのないお喋りに耳を傾ける父親のようにも見える。このひとから親というものを連想することがあるなんて、想像してもみなかったけれど。

もっともエリナの頭には、そんな発想は浮かばないようだった。話しながら光山の隣ににじり寄り、するりと腕を組んだ。

「エリ、あのとき、ぴんときたんよ」

うんとかわいらしい声を出して、上目遣いで光山を見つめる。わたしのことはもはや視界に入っていない。もしくは、あえて視界から締め出している。

「なんやしらん、わかってん。コーちゃんがエリの運命のひとやって」

　また、運命ときた。わたしはげんなりして、寄り添うふたりから目をそらした。せやから、とエリナが高圧的な口調に戻る。

「紫さんも、うちのことよろしくな」

「どうして？」

　耳にざらりとした違和感が残った。その正体を見極める前に、わたしは口を開いていた。

「どうしてって。だってうち、コーちゃんの知りあいともちゃんと仲良くやっていきたいし」

「違う。そのことじゃなくて」

　きつい声になってしまったけれど、かまわなかった。わたしの剣幕にたじろいだのか、エリナが口を閉じた。

「どうしてわたしの名前を知ってるの？」

　さっき挨拶の途中でさえぎられたから、わたしはまだ名乗っていない。エリナが救いを求めるように光山を見上げた。

「コーちゃんが教えてくれたんよ」

「聞かれたからね」

光山が平然と後をひきとった。期待していた返答とは少しずれていたようで、エリナはわずかに顔をしかめたが、再び挑戦的な目つきでわたしをにらみつけた。

「そう。聞いてん。あのとき一緒にいた女のひとたちとはどういう関係なんですかって。うち、彼女のいる男は絶対に無理やし」

光山の腕にしがみついたまま、頬を上気させてまくしたてる。

「あれは藤代と紫さんやって、コーちゃんは教えてくれはってん。けど、そない言われたってわからへんやん？　名前なんかどうでもええし。せやから、もっかい聞いた。どんな関係なんかが知りたいんです、って。そしたら」

エリナが光山を一瞥した。

「コーちゃん、いきなり笑い出しはった」

わたしもつられて光山を見た。笑い出しこそしないものの、やわらかい表情だった。

「藤代は藤代、紫さんは紫さんだよって、笑って言わはった」

関係もなにも、それ以外になんとも言いようがないな。光山はそう言ったらしい。さもおかしそうに、笑いながら。

毎年、師走はなにかとあわただしい。特に中旬以降は、すぐそこにひかえているクリスマスや、あるいは年始の準備もあって、いつになく客足も増える。日中は接客に追われるので、帳簿をつけたり商品の発注をしたりといったこまごまとした仕事は、閉店後に回すしかない。

今日も一日中忙しかった。ひととおりの雑用を終えて店を出たときには、もう九時を回っていた。家で軽くなにか食べるつもりだったけれど、道沿いにぽつぽつと建つレストランの、ガラス窓越しに見えるにぎわいや、すれ違うサラリーマンたちの酔いをたっぷり含んだ大声が、まっすぐ帰る気力をじわじわと奪った。

金曜だというのに、ふやまちはがらがらに空いていた。

送別会や忘年会には狭すぎるからだろうか。わたしが店に入ったときには、スーツを着た年配の男性客がふたり、カウンターの中央に並んで静かに飲んでいるだけだった。

「おお、紫ちゃん」

オーナーは無沙汰をとがめるでもなく、快活に迎えてくれた。わたしが席につくなり、ひそひそ声で話しかけてくる。

「どうなん、最近。いろいろ噂は聞いてるけど」

「噂？」

「せやから、先生と」

にやにやしている。いやな予感がこみあげてきた。

「つきおうてるんやろ？」

「いいえ」

即答した。オーナーが目をまるくする。

「へ？　そうなん？」

京都の街は広いようで狭い。ある程度顔の知れている人間が見慣れない連れを伴っていると、目立つ。

でも今後は、そういう機会もなくなるだろう。

けげんそうに続けるオーナーを、やんわりとさえぎった。

「せやけど、相手は食器屋の店長やって……」

「何度か出かけただけです。つきあってるとか、そういうのじゃなくて」

エリナが指摘してみせたとおりだ。光山とわたしは、別につきあってるわけじゃない。ただの友達に過ぎない。わたしが女だからガールフレンドと呼べなくもないだけで、本来この言葉が発する甘やかなにおいとは縁がない。

結局あの日、麴塵色は見られなかった。エリナが自分もやりたいと言い出して、初心者にもできる緑の染めをすることになったのだ。わたしもやらないかと聞かれたけれど、断った。

刈安を煮出した鍋を、光山はそのまま円卓に持ってきた。中の染液は、伊吹山で風にそよいでいた穂とそっくり同じ、ひかえめな金色だった。エリナが光山の指示に従って、別のボウルに準備した藍の液を、おぼつかない手つきで鍋に注ぎ入れた。光山がすかさず横から柄杓を差し入れ、鍋の中身をひとまぜした。

すごい。冴えない気分を束の間忘れ、わたしは思わず声をもらした。緑が、生まれていた。下染めとして最高の草だという光山の言葉を証明するかのような、鮮やかな緑色だった。

わたしのつぶやきは、しかし光山には聞こえなかったと思う。その直後にエリナが張りあげた歓声に、かき消されてしまったはずだ。すごおい。エリナは飼い主にじゃれつく犬みたいにぴょんぴょん跳ねて、光山の首に両腕を回していた。光山のほうも、まんざらでもなさそうに見えた。小型犬は苦手なはずなのに、あのサイズなら平気なのか。

数日後に電話をかけてきた光山は、工房での出来事には一切ふれなかった。いつものように散歩に誘い、わたしが断ると数秒ほど黙ったが、しつこく食いさがることはなかった。じゃあ、また。おざなりな挨拶とともに、あっけなく電話は切れた。

最初に出してもらったゆばのおひたしを肴《さかな》にちびちびとビールを飲んでいるうちに、牡蠣《かき》の酒蒸しと冬野菜の煮《た》きあわせもできあがった。先客たちはオーナーの手が空くのを見はからっていたようで、わたしの料理がそろうなり会計を頼んだ。

「今日はもうおしまいやな」

ふたりを見送ったついでに、オーナーはのれんをはずして戻ってきた。汚れた食器をさげて手早く洗い終えると、カウンターのこちらに回り、わたしの隣に座った。牡蠣の盛られた唐津の小鉢の横に、ぷっくりまるい白磁の片口と杯がふたつ、いつのまにか用意されていた。

「サービス」

言いながら、オーナーはエプロンをはずした。わたしにお猪口を持たせて日本酒を注ぎ、自分の分も手酌してから、話を再開する。

「さっきの、ほんまなん？」

「本当です」

きっぱりと答えた。杯をかかげ、頭を下げる。

「いただきます」

「どうぞ、どうぞ」

オーナーもひと口すすって、うま、と目を細めた。

「ちなみにそのこと、ブライアンも知ってはる？」

「さあ。そういえば、最近は全然会ってないですね」

「それは知ってる」

オーナーがわたしをにらんだ。

「かわいそうに、そうとう落ちこんどったで」

「オーナーがおかしな噂を流すからじゃないですか？」

　わたしがあきれて指摘すると、オーナーは心外そうに反論した。

「違う違う。この話、ブライアンがはじめに教えてくれはったんやもん」

　街のどこかで見かけたのか、それとも誰かから聞いたのか、ブライアンはわたしが光山と急に親しくなったと信じこんでいるという。それと関係があるのかどうか、最近はふやまちにもあまり顔を見せないそうだ。オーナーは悲しげに首を振った。

「紫ちゃんもぱったり来はらへんし、商売あがったりや。よっぽどいろいろ忙しいんやとばっかり思てたけど」

「十二月って本当にばたばたしちゃって」

　言い訳がましいと知りつつ、答えた。オーナーが肩をすくめ、日本酒をそれぞれのお猪口に注ぎ足す。

「今月だけやないし。先月もその前も、なしのつぶてやったやん」

　なしのつぶて、というのは、ブライアンの気に入りの言い回しのひとつだ。響きがたまらなく可憐、らしい。

「そうでしたか？」

とぼけたわけではなく、そんなに時間が経っているという実感がわかなかった。オーナーが口をとがらせて日本酒をあおった。

「ほんま、冷たいわ。こっちの身にもなってや。ブライアンはさんざん責めよるし」

「オーナーを？」

「そ。おもしろがってけしかけたせいでこんなことになった、無責任や、って。そんなん言われたってなあ、紫ちゃんやって子どもやないんやし。ブライアンて、ちょっと女々しいとこあるよな。どっかの王子様みたいな見てくれのくせに」

ひとしきりこぼし、でもまあ、とオーナーは口調を和らげた。

「なんもなかったんやったら、よかったわ。責められ損っちゃ損やけど、言うてもお得意さんやしな。これで一件落着や」

わたしのお猪口におかわりを注ぎながら、さりげなく言い添える。

「ブライアンにもそう伝えて、ええよな？」

そこでやっと、なぜオーナーがこうも執拗《しつよう》に詮索《せんさく》してきたのかが腑に落ちた。ブライアンだ。「無責任」な行動の償《つぐな》いに、わたしが店に現れたら事の真相を確かめておいてほしいとでも頼まれていたのだろう。

「自分で聞けばいいのに」

言ってしまってから、口をおさえた。でも遅かった。オーナーがため息をついて、わたしの顔をのぞきこんだ。

「こういうとき、本人に聞ける？　紫ちゃんなら」

わたしは無言でうつむいた。わたしだって、聞けない。聞けなかった。光山本人に、面と向かってたずねることができなかった。

わたしも、ブライアンも、もうおとなだ。気になることに真っ向からぶつかっていける体力も、ずぶとさも、どこかへ置いてきてしまった。若さに任せて考えなしに暴れるようなことはできない。わたしたちはエリナとは違う。

「紫ちゃん、大丈夫？」

オーナーに声をかけられ、我に返った。寒気がしてきて、肩にはおっていたストールを首にぐるぐると巻き直す。

「ちょっと飲みすぎちゃう？」

「大丈夫です、大丈夫です」

オーナーが心配するのを振りきって店を出た。

歩いていくうちに、さっきとは反対に体がほてってきた。おもての冷気が気持ちいい。大丈夫です。なんだか大声で叫びたい気分になっていた。わたしはひとりで大丈夫です。

ちょっと足もとはふらついたものの、無事に家まで帰り着いた。意気揚々と門をくぐり、郵便受けをのぞいて、夕刊や公共料金の請求書やマンションの分譲案内をひとまとめにつかみ出す。扉を閉めかけたところで、底にまだなにか残っているのに気づいた。

深緑色の封筒だった。なにも入っていないのではないかと思うくらいに、軽くて薄い。門灯を頼りに表と裏を確かめてみた。宛名も差出人の名前もない。

指が勝手に動いて、封を破っていた。ぎざぎざの切り口からすべり出てきたのは、新潟行きの新幹線の切符だった。

幼い頃、世間一般の子どもの例にもれず、わたしはクリスマスを楽しみにしていた。

わが家では、クリスマスは家族のための行事として重んじられていた。両親ともクリスチャンではなかったけれど、当時から海外出張の多かった父は西洋の風習に詳しく、またけっこう好きでもあったようで、いくつかの記念日は家に取り入れられていった。四月のイースターにはうさぎ型のチョコレートをもらい、十一月の収穫感謝祭ではわざわざ冷凍の七面鳥を取り寄せたりもした。

しかしやはりクリスマスは特別だった。幼稚園や社宅で開かれるパーティーも楽しかったが、わたしは家で祝うクリスマスをとりわけ好んだ。十一月の末にはもうわくわくして、早くツリーを出そうと母にせがんだ。その時期になると、父は外国製の美しいアドヴェントカレンダーを買ってきてくれた。一から二十五まで日付の記された、切りとり線で縁どられた小窓を、毎日ひとつずつ開けていくのだ。紙は二重になっていて、クリスマスツリーの飾りやら、窓辺で星を眺める子どもやら、そりの中に隠れている子犬やらが下から現れ、日を追うごとに絵はにぎやかになった。

もちろん一番の楽しみは、イブの夜のごちそうとケーキ、それにクリスマス当日にツリーの下に置かれているプレゼントだった。両親の誕生日や結婚記念日のように、ふたりがわたしをどこかに預けて出かけてしまうこともなく、三人一緒に過ごすと決まっていた。二十四日と二十五日は、父は早めに仕事を切りあげて帰宅した。母はクリスマスディナーの準備に精を出した。

サンタクロースを信じてはいなかった。両親からは、プレゼントはサンタさんが持ってくるものではなく、大切なひとと交換しあうものだと教えられていた。むろん存在は知っていたし、友達の夢をぶちこわすようなまねはしなかったものの、赤い服と白いつけひげで変装をした幼稚園の先生や町内会のおじさんを見ては、ひそかに気の毒がっていた。今にして思えばかわいくない子どもだ。

わたしが小学校に上がってからも、わが家のクリスマスの習慣は変わらなかった。引越しが多かったので、そのときどきに住んでいた家によって、ツリーを据える場所や飾りつけの方法は違った。ベランダにしかツリーを置けない狭い部屋もあったし、引っ越したばかりでダンボール箱の上にトナカイのぬいぐるみを飾ってすませた年もあった。でもなぜか、クリスマスの装いを終えてしまうと、新しい部屋も前とそっくり同じ場所に見えるのだった。三年前も五年前も十年前も、ここでクリスマスを祝ってきた気がした。あるときその思いつきを母に告げたら、すてきね、と抱きしめられた。

中学のときも高校のときも、引き続きクリスマスは家で過ごした。友達やボーイフレンドの誘いを断ると、みんなびっくりした。紫ちゃんって変わってるね、と言われるのはクリスマスのときばかりではなかったので、まずまず許容されてはいたと思う。ほんとに仲よし家族だねえ、とからかわれたこともあった。そうじゃない。仲よし、というなら、友達や恋人とのほうがよっぽど仲はいい。言い返したかったけれど、おそらく伝わらないだろうからやめた。

わたしにはたぶん、習慣を重んじるところがある。遺伝かもしれない。両親だけでなく祖父母も、やりかたはまったく違うものの、日々を丁寧に積み重ねたがるひとたちだった。

しかし一方で、習慣と呼ばれるものが往々にしてそうであるように、築きあげてきた方法がいったん損なわれると、くずれるのは早い。長年続けてきたことであれば、多少怠ったくらいでは揺らがないように思うのに、案外そうでもない。逆に、一回でもおろそかにしたときの空白が、より深刻な影響を及ぼす場合も多い。高い塔のほうが弱いのだろうか。ひとつの煉瓦《れんが》が欠けただけで、たちまち瓦礫《がれき》の山になってしまうこともある。

わたしがすっぱりとクリスマスから足を洗うことに決めたのは、大学一年のときだった。京都の祖父母がクリスマスにまるで関心がなかったからだ。夫婦で色違いの室内ばきをプレゼントしたら、どないしたんこれ、と不審がられた。

ただし、周りに向けては従来どおり、うちで過ごすと説明しておいた。別にクリスマスを家族行事として神聖視しているわけではなく、単純に、家族でないひととメリークリスマスと言いあうのが居心地悪かった。十代の頃は非常に不評だったクリスマスの言い訳は、おとなになってから、特に二十代も後半を過ぎてからは、格段に通りやすくなった。年を取ると、多様な価値観が認められやすくなる。

以来、唯一クリスマスらしいことといえば、毎年両親が送ってくれるプレゼントくらいになっている。それは地球のどこかから、海を渡ってひっそりとやってくる。航空便でもちゃんと時間指定はできるらしく、必ず二十五日の午前中に届く。祖父母が生きていた頃は、共通で使えるテーブルクロスや、珍しい茶葉や調味料なんかが送られてきていたが、最近は身につけるものが多い。去年は赤い革の手袋、一昨年は鳥のかたちをしたブローチだった。母はちょっとしたものを選ぶのがうまい。

　その前が、あのコートだった。しみがついてしまったベージュのコートは、まだクリーニング店に置きっぱなしになっている。店から電話が入っていたから早く取りにいかなければいけない。留守電のメッセージに、年内は二十六日から休みなのでできればそれまでに、と京都訛りの早口で言い置かれていた。

　十二月二十五日の朝に電話が鳴ったとき、わたしはふとんの中にいた。ひとりで。シーツの上にひらたくうつぶせになって、出ようか、出ないでおこうか、しばらく悩んだ。眠っている間に靴下が脱げてしまっていて、足先がひどく冷たい。

　心あたりが、ないわけではなかった。新幹線の切符はまだ手もとにある。指定席特急券の日付は二十八日だから、もうあと三日しかない。

　切符を送りつけてきた後、光山はなんとも言ってこなかった。送った時点ではとりあえず一緒に行くつもりだったのだろうが、これだけ音信不通が続くと、どういうつもりかはかりかねた。しれっと払い戻しておいてくれと言うかもしれないし、あるいは向こうのほうこそ、さっさと払い戻しているかもしれない。どうしたものかと思いめぐらしながら、一日ずつ先延ばしになっている。

　ベルは一向に鳴りやまない。わたしは勢いをつけて起きあがり、ふとんから出て、部屋の隅に置いてある黒電話に近づいた。

「もしもし」

なるべく平静に聞こえるように、ゆっくりと応じた。

「メリークリスマス」

母がほがらかに言った。


三十代も半ばにさしかかった今、夫も子どもも恋人もいない独身女の例にもれず、わたしはクリスマスを特に楽しみにはしていない。メリークリスマス、つまり、クリスマスおめでとう、と言われても、だからあんまりぴんとこない。

「どうしたの?」

受話器を首と肩で挟み、たずねた。自由になった手のひらで、冷えた足先をさする。

「どうって?」

「だから、なんの用事?」

プレゼントの発送に不具合があったのだろうか。何年か前に、配送の手違いで一日か二日遅れてしまいそうだと母から泣きそうな声で連絡が入ったことがあった。あれも二十五日の朝だった。うちでは昔から、クリスマス当日より前にプレゼントについて話すのは、どんな理由があってもご法度とされているのだ。そんなことで泣きそうになるなんておおげさなとあきれるひともいるかもしれないが、クリスマスの日に贈りものを渡せないというのは、母にとっては一大事なのだった。

「ううん、別に用事ってほどじゃないけど。クリスマスだから紫の声を聞きたいなと思って」

「クリスマスだから？」

「そんな、迷惑そうに言わないでよ」

母が悲しそうな声を出した。

「いや、迷惑ってわけじゃないけどね」

クリスマスを心待ちにはしていないが、別にきらっているわけでもない。祝いたいひとは祝えばいい。ただ、わたしには興味がない。どうでもいい。

「子どもの頃はあんなに楽しみにしてたのにねえ、クリスマス」

母は嘆息している。

「家族がいない人間にはあんまり縁がないんだよ」

「わたしたちがいるじゃないの」

「それはそうだけど、遠いよ。ふたりは外国だし、もうふたりは天国だし」

おどけた口調を作ってみた。早くこの話題を切りあげたい。

「だけど他に……」

母が言いかけて、口をつぐんだ。会話がとぎれる。沈黙が気詰まりで、わたしはしかたなく口を開いた。

「気にしてくれて、ありがとう。お母さんたちも元気？」

「元気よ。紫は？」

母がほっとしたように答える。

「元気だよ」

間を置かずに、わたしはできる限り明るく言った。

「本当？」

母は納得していないようだった。

「なんだかちょっと、疲れてるみたいだけど」

母は勘がいい。一緒に住んでいるときはそうでもなかったのに、離れて暮らしはじめてから、娘の声からなにかを読みとることにどんどん長けてきたようなのだ。たまに、しかも電話でしかやりとりしていないから、ちょっとした声色の違いにも敏感になるのだろうか。

「お店は忙しいの？」

不調を感じとったとしても、さすがにその原因まで言いあてられることは少ない。それで母は、そのときどきに思い浮かんだ心配を口に出す。ちゃんと食べているのか、病気をしてるんじゃないか、仕事がうまくいっていないんじゃないか。結局のところ、わたしはあまり信用されていないのだろう。

「まあ、十二月だからね。稼ぎどきだよ」

こうして適当に受け流すから、いつまで経っても信頼を得られないのかもしれない。それはそれでしかたない。

「年末年始はちゃんと休めるんでしょ？　なにか予定とか、ある？」

「別に」

とっさに答えていた。

「京都でだらだらしてる。ひとりで」

「ひとりでだらだら、ねえ」

母がため息をついた。

「あのね、紫。前からひろくんとも話してたんだけど」

「なあに？」

わたしは慎重に聞いた。

だけど他に――さっき途中でとぎれた母の言葉が、まだ耳に残っていた。声に出されなかった部分を補ってみる。だけど他に、誰かいないの？　血を分けた家族は近くにいなくても、かわりにそばにいてくれる誰かはいないの？

けれど母が口にしたのは、わたしが予想していたのとは違うことだった。

「よかったら、年末からこっちに来ない？」

「こっちって？」

「シカゴに決まってるじゃないの。紫には一回も来てもらったことがないでしょ？　いいところよ。ちょっと寒いけど、自然がいっぱいだし、ごはんもおいしいし」

母はうきうきと言った。

「実はね、今年のプレゼントは航空券にしたの。ちょっと長めにお店閉めて、一週間くらい来てみたらどう？　二十八とか九とか、その時期になったらあんまりお客さんも来ないんじゃない？」

「二十八日？」

声がぶざまに揺れたのが、自分でもわかった。

「なんでいきなりそんな」

「だって、プレゼントは当日のお楽しみでしょ」

母の声がわずかに低くなった。

「ひろくんだって、すごくうれしそうだったよ。口に出しては言わないけど、たまには紫に会いたいのよ」

「そんなこと言われても。こっちの予定だってあるんだし」

さっきと言っていることが完全に食い違っている。でも、どうしようもなかった。「お楽しみ」は両親の愛情や思いやりの表れだとは思うが、こうやって突然ぶつけられても困る。

「紫」

とがめられるかと思いきや、母は神妙な口ぶりになった。

「いつもひとりでがんばって働いてるんだから、たまにはひと休みしてみたら？　あなた、だらだらって言ったって、本当はだらだらなんかしないでしょう」

わたしは言葉に詰まった。母が優しく続ける。

「ねえ、あんまりいろいろ考えすぎないで。肩の力を抜いて」

いよいよ絶句してしまった。母に悪気がないのはわかる。だけど、どうしてすべてをそうたやすく言いきってしまえるのだろう。

必要以上に力んでいるつもりはない。別に無理もしていない。けれど母の言うように、完全に力を抜いてしまったら、わたしはばらばらになってしまうかもしれない。そんなことになったら、どうやって暮らしていくのか。

わたしにはわたししかいない。父と母のようにはいかない。

「紫はもう少し甘えてもいいと思うのよ。ひろくんもわたしも、そっちのほうがうれしいんだから」

母はあくまで真剣だった。わたしはようやく、ありがとう、と小さな声で答えた。

「でもいいよ、そんなに心配しないで。わたしは大丈夫だから」

ちゃんとわかってる。誰だって、甘えられる相手がいたほうがいい。一緒にいてくれるひとがいるに越したことはない。そんなこと、言われなくたってわかってる。

「ちょっと待って。ひろくんにかわる」

母が言った。背後で物音がした。

「いいよ。ちょっと時間ないから、もう切るね」

母の返事を聞かずに、わたしは受話器を置いた。


母からの宅配便は、店へ出かける直前になって届いた。航空チケットは日付が指定されているものではなく、一年間のオープンだったので、少しほっとした。キャンセルができるかどうかは調べてみないとなんともいえないけれど、多少の手数料さえ覚悟すれば、おそらく不可能ではなさそうだ。

夕方まで客足はとぎれず、あっというまに閉店の時間になった。うちで扱っている商品は和風のものがほとんどだ。洋皿やマグカップならサンタやトナカイをあしらっても様になるだろうが、とっくりや湯のみだとそういうわけにもいかず、クリスマスらしさという面では分が悪い。それでも、一昨日からの三日間で売れた商品は、ほぼすべて贈答用の包装を頼まれた。

おもての照明を落とし、看板を片づける。外はおそろしく冷えこんでいた。最近は日が落ちるのが早くなったから、五時を過ぎたらもう真っ暗だ。二条通をゆきかう人々は皆、一様に急ぎ足だった。ぶあついコートを着こみ、ポケットに手をつっこんで、黙々と歩いていく。クリスマスプレゼントだろうか、ケーキだろうか、大小の紙袋をぶらさげているひとたちも多い。

光山はクリスマスをどう過ごしているのだろう、とふと思う。

これまで話題に上ったことはなかった。ツリーやらプレゼントやらにこだわるとも思えない。やっぱり仕事だろうか。忙しいに違いない。うちのような小さい店でさえ、これだけあわただしい時期なのだ。

店内に戻り、レジ台の下にしこんである電気ストーヴの、温度調節のダイヤルをひとめもり上げた。戸外に出ていたのはほんのわずかな時間なのに、耳と鼻の頭と指先が冷えきっている。ついでに、レジ台のひきだしを開けた。一番下の段に、ずっと前にパーティーでもらったカタログが入っている。薄い冊子をひっぱり出して、辻猿工房の連絡先がのっているページを開いた。

なにを話すか決めきれないうちに、単調な呼び出し音がはじまった。

わたしのほうからかけるのは、これがはじめてだ。いきなり電話がかかってきて、光山は驚くだろうか。それとも何事もなかったかのように、平然と旅行の相談をはじめるだろうか。光山のことだから、万が一びっくりしたとしても、そんなそぶりはきっと見せないだろう。ちょうどよかったと言わんばかりに、当日の待ちあわせについて話し出しそうだ。

おとなしくそのペースに流されてしまうのも、癪にさわる。わたしは行きません、ときっぱりと断って、反応を見てみたい気もする。光山はがっかりするだろうか。多少は反省もするだろうか。悪かった、なんとか考え直してくれないか、と食いさがってくるかもしれない。そうなったら、どうしよう。誠意を感じられたら許してあげるべきか。やはり毅然と断るべきか。どちらにしても、行くのか行かないのかは決めなければいけない。先送りにするのもそろそろ限界だ。早く決着をつけたほうがいい。

つらつらと思いめぐらせているうちに、呼び出し音がとぎれた。

「はい、辻猿工房です」

わたしは黙って受話器を置いた。それから頭を振った。二度、三度と強く振る。耳にねばりついている甘ったるい声を、振り払う。

もっとも、電話した目的はかなえられた。決着は、ついた。予定が定まった。年末はぎりぎりまで店を開けよう。その後は京都でひとり静かに年を越そう。

ストーヴのめもりを、もうひとつ上げた。まだ指先がかじかんでいる。端のほうほど凍えやすいのだ。女の子は体を冷やしたらあかん、と祖母は常々わたしに注意していた。そういえば、母も。

あかあかと光る電熱線を眺めつつ、いっそのこと、とぼんやり思う。いっそ、ややこしく考えずに、とりあえず飛行機に乗ってしまえばいいのか。顔を見たいと母は言っていた。甘えたらいい、とも。朝のやりとりを思い起こしても、あのとき感じた反発はもう戻ってこなかった。むしろ恥ずかしくなってくる。母は正しい。いちいちつっかかってしまうのは、母じゃなくてわたしの問題だ。本当は、わたしはすでに甘えているのだろう。もう若くない親を心配させ、かっとなって意地を張り、わがままを通している。子どもっぽい。

だいぶ体があたたまってきた。ストーヴから少しだけ体を離す。

シカゴに、行ってみようか。年末はさすがに急すぎるから、もうしばらく先にしよう。春か夏なら気候もよさそうだ。明日の朝一番にでも、母に電話をかけよう。その後すぐに京都駅の窓口に向かおう。切符代を返金してもらったら、帰りに郵便局にも寄って、書留を出してしまえばいい。それとも切符はそのまま返送してあげたほうが親切だろうか。いや、そこまで気を遣う義理はない。

いろんなことが、するすると決まっていく。すっきりした。せいせいした、といってもいい。もっと早くこうすればよかった。

ストーヴを消して立ちあがった拍子に、中央の丸テーブルに目がとまった。並んでいるのはクリスマス向けの商品というわけではないけれど、季節柄、色あいだけは緑と赤を基調にまとめてある。

母は必ず二十五日のうちにツリーを片づけた。学校や街なかで二十六日になっても残されたツリーを目にすると、わたしは決まって哀しくなった。今もそれは変わらない。

まずは、緑っぽい色あいの商品をよけた。それから、黒い漆塗りのお重、同じ工房で作られた四角い盆、その上に赤と金で彩色された鳳凰《ほうおう》のあしらわれた平皿、と並べていく。やりすぎかなと思うくらいに、いかにもお正月らしい組みあわせがいい。これも赤を主体にした唐津の飯碗に、輪島の上品な汁椀を合わせ、鯛のかたちをした箸置きを添えた。新年を寿《ことほ》ぐにふさわしい華やかな食卓をしあげてから、とりのけた食器を棚にしまう。急ぐ必要はなかった。どうせ時間は余っている。今日はさすがにひとりで外食はしたくない。

最後に、緑の唐草模様の大皿が残った。直径四十センチほどの寸法が大きすぎるのか、気に入って仕入れたのにいつまでも売れてくれず、ここ数年、クリスマスには必ず丸テーブルの主役を張っている。早く売れてほしいような、手もとに置いておけるのがうれしいような、複雑な気分だ。定位置は、背の高い食器棚の最上段である。

わたしは脚立のてっぺんにまたがって、スライド式の戸に手をかけた。古道具屋からやってきた大正製の棚は、たてつけがよくない。一発で開け閉めできたのは同じ大正生まれの祖父だけだった。わたしだけではなく祖母もよく苦戦させられていた。不安定な姿勢で、押したりひいたり、しばらく試行錯誤する。

やっと戸をすべらせることができたのと、背後から声をかけられたのが、同時だった。

「メリークリスマス！」

さすがに流暢な英語だ、と感心したのだけは覚えている。

ブライアンはわたしをびっくりさせようとしたのだと、後から聞いた。それはみごとに成功した。

わたしはびっくりした。それで足をすべらせ、脚立から落ち、床で右半身を強打した。あわてて駆け寄ってきたブライアンに助け起こされ、立ちあがろうとしたところで、右足首に激痛が走った。

昔話

診察室から病室に戻ったら、ブライアンがお見舞いに来てくれていた。花瓶の水を換えている。活けてある真紅のばらが、壁も天井もベッドも白で統一された部屋に、ほとんど唯一の彩りを添えている。

ブライアンからの、クリスマスプレゼントだ。サプライズの。

ゆうべ、ブライアンは病院の廊下で土下座して、面目ない、面目ない、と繰り返していた。古めかしい言葉遣いと、抱えている巨大な花束との組みあわせで、そうとう注目を集めていた。

あまりに平謝りされて、気の毒になってきた。わたしが勝手に驚いて、勝手に落ちたのだ。ブライアンばかりを責められない。そう言うと、ユカちゃんは優しいな、とブライアンは眉を下げた。優しいのはわたしではなく、クリスマスにひとりぼっちで時間を持て余していたわたしを喜ばせようとしてくれたブライアンのほうだろう。でも、そう口にしてしまったらまた同じやりとりが繰り返されそうなので、言わずにおいた。

「どうだった?」

ブライアンが花瓶を窓辺に戻し、心配そうにたずねた。

とりあえず病院に一泊し、今朝になって本格的な検査をした。足首の骨にはひびが入っていた。

見せてもらったレントゲン写真では、白々と光を放つ骨の上に、細かい亀裂がうっすら浮いていた。普通に歩けるようになるまで三週間はかかると聞いて、めまいがした。年末年始は休むにしても、その後はどうやって店を回していけばいいだろう。座って店番はできても、商品の陳列や仕入れは難しそうだ。松葉杖を使ったりご家族に手伝ってもらったりすれば生活できますよ、と担当医に励まされ、わたしはますますうなだれた。心配すべきなのは、店ばかりではないのだった。

わたしの生活環境——古い一軒家でひとり暮らし、身の回りのことを手伝ってもらえるような「ご家族」および頼れそうな人間は一切そばにいない——を伝えると、今度は担当医のほうがため息をついた。店が休みになる年末年始の間だけでも、と入院を強く勧められた。

ブライアンが差し入れてくれた豆餅を一緒に食べてから、必要な荷物を取りにいくために、タクシーで家まで付き添ってもらった。荷づくりも手伝おうかと言われたけれど、それはさすがに固辞した。終わったら電話すると約束して、門の前で別れた。

松葉杖で体を支えながら鍵を開け、玄関に足を、ではなく二本の杖を、踏み入れた。たった一日空けただけなのに、ひんやりと静まり返った家の中は、どこかよそよそしく感じられる。

押入れを開けて、旅行用の小さなボストンバッグを探した。上の段の奥に押しこんであったのを、片足立ちで背伸びしてなんとかひっぱり出す。腕が攣《つ》りそうになる。持ちものはそんなに悩まなかった。着替え、洗顔料、歯みがきセット、化粧水、ひまつぶしの本。普通の旅行とそう変わらない。それに、わたしはかつて同じバッグに、同じように荷物を詰めた経験もある。祖母のためだった。その前は、祖母が祖父の荷物を用意した。順番だ。わたしは最後のひとりだから、自分でやるしかないけれども。

本当は、入院するのは気が進まなかった。いかにもおおげさな気がするし、病院という場所も得意ではない。祖父母を、それも元気だった頃ではなく入退院と手術を繰り返すようになっていた時期のことを、生々しく思い出してしまうせいかもしれない。昨晩もよく眠れなかった。できれば家に帰りたいと、わたしは担当医に申し出た。多少の不都合はがまんするつもりだとも言い添えた。

が、却下された。不便なだけではなく危険だと言われた。家の中で転ぶこともあるし、そうでなくても、無理をするせいで患部に負担がかかって悪化する場合も多い。バリアフリー設計の行き届いたコンパクトなワンルームマンションならまだしも、京都の町家は足の不自由な人間がひとりで生活するようにはできていない。諄々《じゅんじゅん》と説かれ、わたしもとうとう折れた。治療費や入院費が医療保険でまかなわれるのは、せめてもの救いだった。祖父母が生前に加入していた保険にわたしも入らされていたのだ。自営業は体が資本やからな、紫はこう見えて案外そそっかしいとこもあるし、と祖母の一存で契約が決まった。大きな病気も怪我もしたことのなかったわたしが、もったいないんじゃないかと反対すると、それは若いからや、と一蹴された。今となっては、祖母の先見の明に感謝しなければいけない。

　家の中を動き回ってみて、担当医の意見がはじめて腑に落ちた。文字どおり、身をもって実感できた。確かにきつい。歩けないだけでなく、松葉杖で両手がふさがってしまうので、ものを持ったり運んだりするだけでもひと苦労なのだった。慣れればいくらかはましだろうけれど、この調子では基本的な家事すらもかなりの重労働になるだろう。小さな荷物をまとめるだけで、一時間近くもかかってしまった。

　バッグを肩にかけ、玄関に引き返す。日頃使わない筋肉を動かしているせいか、すでに全身がだるい。ほんの一時間でこの有様では先が思いやられる。バリアフリーという医師の言葉がよみがえった。部屋と廊下の間に段差があるなんて、これまで意識したこともなかった。気を散らしていたせいか、玄関のたたきのところでつまずいた。

壁にすがってかろうじて倒れないですんだものの、つんのめった拍子に、バッグのポケットにつっこんであった財布が床に落ちた。小銭がけたたましい音を立ててそこら中に散らばった。思わず、上がりかまちにへたりこむ。今度は松葉杖が腕からすべり落ち、がらん、と不穏な音が響いた。

泣きたくなった。つい昨日までは、いつでもどこにでも行けると思っていた。自由だと信じていた。それが今や、半径数メートルを移動するだけでも四苦八苦している。あまりにも、無力だった。

立ちあがろうにも、まったく力が出なかった。そのまま呆然と座りこんでいたら、扉の向こうから叫び声が聞こえた。

「ユカちゃん？　大丈夫？」

わたしははっとして顔を上げた。

ブライアンは小銭を残さず拾い集めると、座っているわたしの両脇に一本ずつ松葉杖を並べてくれた。三条のほうまで出て、古本屋を回って適当に時間をつぶしていたが、いつまで経っても連絡がこないので、先回りしてこちらに戻ってきてくれていたのだという。下手にチャイムを鳴らしたり電話をかけたりしてあせらせたらよくないと思い、玄関の前で逡巡《しゅんじゅん》していたらしい。

「痛い？　立てそう？」

わたしの顔をのぞきこみ、気遣わしげにたずねる。

「うん、大丈夫。ごめんね」

痛くはない。ただ、うまく笑えない。

「ブライアンがいてくれて、ほんとに助かったよ」

紫がいてくれてほんまに助かったわ——そういえば、祖父が亡くなった後、祖母は口癖のように繰り返していた。なあに、あらたまっちゃって。わたしはなんにもしてないよ。当時は軽く受け流していたし、現に特別な世話をしていたわけでもなかったが、今なら祖母の気持ちがちょっとわかる気がする。

「なにからなにまで、ごめんなさい」

ひとりでなんでもできると思っていた。体の一部が故障するだけでこんなにも心細く不安になるなんて、知らなかった。他人の手を無造作に払いのけて、助けなどいらないと胸を張れるのは、健康で傲慢な若者たちの特権なのだろう。

「謝らなきゃいけないのはこっちだよ。僕のせいでこんなことになったんだし」

ブライアンがあたふたと応じた。

「ユカちゃんはなにも悪くない。お願いだから、ごめんなんて言わないで」

まぶたが熱い。肩からずり落ちたバッグを、ブライアンがそっと引きとってくれた。ごめんね、とまた言いかけて、口をつぐんだ。

「ありがとう」

小声で言い直して、頭を下げた。薄暗い玄関で、真新しいギプスがほんのりと白い光を放っていた。


翌日以降も、ブライアンは毎日欠かさず病院に来てくれた。朝、どこかに出かける前に寄ってくれる日もあれば、夕方に訪れる日もあった。どの時間帯でも、必ずちょっとしたお土産を持参してくれる。いちご、文庫本、小さなマドレーヌ、映画のＤＶＤ。お菓子の類は多めに買ってナースステーションにも差し入れるものだから、形成外科の入院病棟で働く職員たちの間で、ひそかに人気が沸騰しているそうだ。採血に来る看護師さんのひとりが教えてくれた。

今朝は、みかんだった。白いサイドテーブルの上が、だいだい色のあかりがともったように明るくなった。

「どう？　調子は」

やや勢いを失ってきたばらの、いたんだ花びらをとりのけつつ、ブライアンがたずねる。

「たいくつ」

わたしは即答した。ブライアンが苦笑する。

「贅沢だなあ」

「わたしは贅沢に向いてないみたい」

はじめは、どちらかといえば前向きに、この機会にのんびりするつもりでいた。歩けない不自由を思い知って、あきらめもついていた。ところが日を追うごとに、だんだん気がめいってきた。なにせ右足首以外はまったくの健康体だ。肝心の足も、ギプスでしっかり守られているので、じっとしている分にはまったく問題ない。どこも痛まないのはありがたいが、ひたすら手持ちぶさたなのだった。

なにかしら動いていないと落ち着かないのは、根が貧乏性なのだろうか。とはいえ、初日に家へ戻ってみたときの苦労を思い起こすと、退院にも踏みきれない。ブライアンがいてくれなかったらどんなに時間を持て余していたか、想像するだけでぞっとする。

「じゃあ、ウォーキングにでも行きますか」

ブライアンに言われ、わたしはいそいそと松葉杖に手を伸ばした。脚をふんばるかわりに腹筋と腕だけを使って起きあがるやりかたも、だいぶこつをつかめてきた。

廊下へ出ると、消毒液のにおいが強くなる。足音の響きすぎる硬い床も、蛍光灯のあかりも、寒々しくてどうしても好きになれない。

「リハビリですか？」

顔見知りの職員とすれ違うたびに、会釈される。わたしより先に、はい、とブライアンが元気よく答える。たいがい、とろけるような微笑が返ってくる。

リハビリ室は空いていた。一見すると小さな体育館かスポーツジムのスタジオのような感じで、マットや鉄棒、ダンベルなどの器具も置いてある。入院患者も外来患者も使えることになっていて、ふだんはけっこうにぎわっているらしいが、年末で通院してくる患者の数が少ないせいか、わたしが入院してからはいつ来ても閑散としている。今日も、床に寝そべり片手でダンベルを規則正しく上下させている中年女性と、鉄棒につかまっておぼつかない足どりでそろそろと歩いているおじいさんがいるだけで、他に人影はない。それぞれ横に白いつなぎの制服を身につけた療法士がつき、なにやら身ぶりもまじえて指示していた。

彼らのように本格的なリハビリをするには、骨が完全にくっつくまで待たなければならない。今のわたしは、もっぱら部屋の片隅で松葉杖の練習をするだけだ。このリハビリ室の存在を知るまでは、病室の前の廊下を往復していた。じゃまになるし危ないとやんわり注意を受け、かわりにここへ来ればいいと教えられた。

　ブライアンが手早くパイプ椅子をふたつ運んできてくれた。せっせと歩いているわたしを眺められる位置に並べ、片方に腰かける。空いているもうひとつは、わたしが休憩するときに使う。

「ユカちゃん、えらいよ。こういう地味な運動ってきらいそうなのに」

　ブライアンの言うとおりだ。地味とか派手とかいう前に、わたしは運動全般にまったく興味がない。

「だって、他にやることもないし」

　わたしは答え、腕に力をこめた。前のほうに杖をついて、体重を預ける。

「寝てばっかりだと、太りそうだし」

　勢いよく左脚を振りあげると、体が一歩分前進した。松葉杖の練習はくせになる。やればやるほどうまくなるから、達成感があるのだ。わたしの松葉杖さばきはめざましく上達している。両手のひらにはかたいまめができている。

　壁沿いを十五分ほど歩いて、休憩を挟んだ。ブライアンの隣に座ったら、歩行訓練を続けているおじいさんが斜め前に見えた。分速にしておよそ三メートルといったところだろうか。危なっかしい歩みを見ているとはらはらする。自分の状況は棚に上げて、肩を貸してあげたくなる。

「バリアフリー工事とか、考えたほうがいいのかな」

「ちょっと遅いんじゃない」

ブライアンが首をかしげた。

「今からやったって、できあがったときにはもう治ってるよ」

「いや、今回のためっていうより、今後のために」

ブライアンは考えこむように黙った。

「あの家、年取ってきたらちょっと大変そうだし」

怪我をしてから、わたしは前よりも謙虚になった。まじめにリハビリに取り組んでいる理由は、ひまと体重と達成感だけではない。万が一に備えて体はきたえておくに越したことはない。

さらに二往復を終えたあたりで、リハビリ室のドアが開き、風呂敷包みをたずさえた小柄なおばあさんが入ってきた。険しい目で足もとをにらんでいたおじいさんがそちらを見て、ぱっと笑顔になった。おばあさんが小走りで近づいていく。

「大丈夫じゃないかな」

ふたりのほうを眺めながら、ブライアンが口を開いた。さっきの話の続きだと理解するのに、少しかかった。ブライアンが椅子から腰を上げ、壁際へと近づいてきた。

「大丈夫だよ。心配しないで」

わたしの正面に立ち、言った。

「いつでも、僕がそばにいるから」

どう答えたらいいかわからなくて、わたしは視線をそらした。老夫婦は若い療法士もまじえて、三人で額を寄せて話しこんでいる。新しいトレーニングメニューの相談だろうか。

「とにかく、早くよくなって」

ブライアンが静かに言った。


ノックの音には、個性が出る。

ブライアンはまったく同じ強さで二度、こん、こんとゆっくり打つ。看護師さんたちは打つ間隔がやや短く、ここん、というように聞こえる。なぜか小柄なひとは強め、大柄なひとは弱めな気がする。担当医のノックは一度だけで、ごん、と力強い。

今朝のノックは、そのどれでもなかった。

とんとんとん、と遠慮がちなノックが三度響いたとき、わたしは少し身がまえた。新しい看護師だろうか。あるいは誰かの見舞い客が病室を間違えたのかもしれない。十日ばかりの入院生活で、すでに二度もそういうことがあった。この病院は広くて入り組んでいる上に、廊下の雰囲気がどこもそっくりでまぎらわしい。入院しているわたしですら、ときどきリハビリ室からの帰り道で迷ってしまう。

いずれにしても、なにか応答しないとはじまらない。読んでいた文庫本をかけぶとんの上にふせ、声をかけた。

「どうぞ」

音もなく開いた扉の向こうに目をやって、わたしは息をのんだ。

藤代さんが、立っていた。右手に濃淡のついた紫のガーベラと白いかすみ草の花束を抱え、左手に洋菓子屋の紙袋をぶらさげている。北山にある有名な店のものだった。

「お見舞いが遅くなっちゃってごめんなさい」

藤代さんはすたすたと病室に入ってきて、あたたかそうな白いコートを脱いだ。外気のにおいがした。

「ぐあいはいかが？　まだ痛む？」

わたしが答えられずにいると、いたずらっぽく微笑んだ。

「びっくりした？」

びっくりした。

藤代さんは満足そうにうなずいた。紙袋からプリンを出して冷蔵庫に入れ、少しだけ残っていたばらの花瓶に新しい花々を加える。わたしはその間、藤代さんがどこから入院のことを聞きつけたのかを考えていた。もっとも、長々と考えるまでもなかった。わたしがこの病院にいると知っているのは、今のところひとりだけだ。

ベッドの傍らに置かれたパイプ椅子に藤代さんが腰を下ろすのを待って、たずねた。

「ブライアン、ですか？」

「あたり！　さすが、紫さん」

わたしの怪我と入院の顚末《てんまつ》は、年末にメールで知らされたという。

「そんな、わざわざお知らせするようなことじゃないのに」

「ううん、わざわざってわけじゃないのよ。わたしたち、文通仲間だから」

藤代さんは意外なことをあっさりと言ってのけた。

「手紙じゃなくてメールだけどね。別に用事があるわけじゃなくて、最近あったことを書くだけ。仕事のこととか、あとは恋愛相談とか」

「恋愛相談？」

思わず聞き返してしまった。

「そこだけは、わたしは受けるほう専門。彼みたいに悩みもないし」

藤代さんがすまして答える。

「プライバシーに関わることだから、詳しい内容は教えられないけど」

顔をじっと見られて、わたしは居心地悪くうつむいた。藤代さんは楽しそうだ。

「でもどっちかっていうと、そういう話は少ないかな。もっと普通の情報交換がほとんど。気に入った本や映画とか、おもしろいギャラリーを見つけたとか、京都市美術館の特別展がどんな感じだったとか」

「趣味が合うみたいでしたもんね」

宵山の夜も、伊吹山に出かけたときも、話が盛りあがっていた。藤代さんはブライアンが勤めている大学で英米文学を学んだらしいし、アメリカに住んでいた経験もある。それだけ共通点があれば、興味の対象が重なるのもうなずける。

「特に海外ものの小説とか、いろいろ教えてもらえて助かってる。周りに読んでるひとがあんまりいないから」

「そういえば、これもですよ」

ベッドサイドに移した読みかけの本を、わたしは手で示した。ブライアンが持ってきてくれたフランスの推理小説だ。まだ読みはじめたばかりだが、当然ながら登場人物の名前がすべてカタカナなので覚えにくい。名前が難しいとブライアンにこぼしたところ、わかる、と手を打たれた。よく時代小説で苦戦するそうだ。武士の名前は長すぎるし、同じ一族だと名前が似通っていてつらいという。

「おもしろい？　フランスものもいいのよね」

藤代さんは本を手に取り、ページをぱらぱらとめくった。

「わたしはどうしても英語に偏っちゃうけど」

「アメリカでも文学を勉強なさってたんですか？」

ふと気になって、聞いてみた。藤代さんは首を振った。

「ううん。大学に通ったわけじゃないから」

そういえば、渡米の目的は聞いていなかった。てっきり留学だとばかり思いこんでいたけれど、仕事のためだったのだろうか。

光山と一緒に働きはじめる前に藤代さんがなにをしていたのか、わたしは知らない。少なくとも四国で光山と再会するまでは、別のことをやっていたはずだ。光山が京都に戻ってきた後も、すぐ自らの工房を立ちあげたわけではなく、まずは嵯峨野の工房に入ったという話だった。その間、藤代さんは実家の呉服屋でも手伝っていたのだろうか。

「そういえば、紫さんのご両親も海外なんですって？」

質問しようと口を開きかけたところで、藤代さんに先を越された。

「怪我のこと、伝えてないって本当？　彼がちょっと心配してたけど」

どうやらなにもかも筒抜けらしい。

入院した直後に、電話はした。病院の公衆電話からかけた。自宅の電話に出なくて心配されると困るので、年末年始は留守にすることになったと言っておいた。以前の口論を思い出したのか、詮索はされなかった。春にはシカゴに行こうかと考えているとも伝えた。なにも知らない母はのんきに喜んでくれた。

「怪我してるなんて言ったら、気にしそうで悪いので」

「悪いって、親なんだからいいじゃないの」

藤代さんがあきれたように言った。

「だけど、わたしももうおとなですよ。親だって年も年だし」

「そんなの関係ない。いくつになっても、親は子どものことを考えてるものでしょう。甘えるくらいがちょうどいいんだよ」

聞き覚えのあるせりふでたしなめられて、気づいた。おそらく藤代さんはわたしよりも母のほうに世代が近い。

「話は戻るんですけど」

あまり立ち入った質問をするのは失礼だとは思った。でも、やっぱり確かめておきたかった。連想が連想を呼んで、ひらめいたのだった。この年代の女性がわざわざ故郷を離れて外国に住んでいた、最もありえそうな理由といえば。

どうして今まで思いつかなかったんだろう。藤代さんが結婚しているなら、いろんなことのつじつまが合う。

いわゆる家庭の気配が、藤代さんからは一切感じられない。夫も子どもも姑も、教育も介護も二世帯住宅も、話題に出てきたことがない。だからといって、なぜ単純に独身だと信じこんでいたのか。嫁入り仕度の着物を頼まれたのだと、いつか光山も言っていた。

「藤代さんがアメリカに行った理由って」

ご主人のお仕事ですか、とわたしが続けるよりもわずかに早く、藤代さんはにっこり笑ってみせた。

「理由なんか、なかった」

出鼻をくじかれて、わたしは口をつぐんだ。藤代さんはにこにこしている。でまかせを言っているようには見えない。

このひとはやっぱりはかりしれない。現地に住む両親を訪ねていくのさえ億劫《おっくう》がっているわたしには、理由もなく海外に行くなどという発想はとうてい出てこない。しかも数日の旅行というわけではなく、数年間も住んでいたのだ。

「理由もないのに、どうして？」

どうしてもこうしてもない、だって理由がないんだから。矛盾を承知しながらも、わたしは聞かずにはいられなかった。

「それって、おひとりで？」

「ええ」

藤代さんはなんのためらいもなくてきぱきと答え、逆に問い返した。

「話を聞きたい？」

わたしはもちろんうなずいた。

「ちょっと長くなるけど、いい？」

「かまわないです」

時間はあり余っている。もしもそうでなくても、返事は同じだったに違いないけれども。

「それなら、ひまつぶしにでも聞いてもらおうかな。でもその前に」

藤代さんが冷蔵庫のほうを振り向いた。

「せっかくだから、プリンを食べない？」

生クリームがたっぷり入った濃厚なプリンは、とろりと甘くて冷たかった。

「これ、おいしいね」

藤代さんが感心したように言う。はい、とわたしはうなずいた。

「ありがとうございます」

そっけなさすぎるような気がして、つけ加えた。実際に、プリンはとてもおいしい。でも今はそれどころじゃない。藤代さんの話のほうが、気になる。

「ここのシュークリームもおいしいの。皮がふわふわで、生クリームとカスタードが半々で入ってて」

「そうなんですか」

上の空でスプーンを動かしていたら、すでにカップは空になろうとしていた。藤代さんのほうは、まだ半分ほど残っている。わたしももう少し味わって食べればよかった。

「なにから話せばいいかな」

最後のひとすくいをゆっくりと咀嚼し終えてから、藤代さんはのんびりと首をかしげた。

わたしはじれったい気持ちをおさえつつ、水を向けた。

「なんの理由もないのに、何年も外国に住んでたんですか？」

「ごめんなさい、言いかたがちょっと悪かったかも」

藤代さんが困ったように言い直した。

「理由っていうか、目的がなかったっていうほうが正しいかな。留学とか、仕事とか、向こうの国でしなくちゃいけないことがなんにもなかったの。少なくとも、行った時点では」

「じゃあ、どうして？」

さっぱりわからない。理由であれ、目的であれ、たいした違いはない。たったひとりで、勉強するでも働くでもなく、とりあえず外国に渡ったというその感覚が理解できない。お金持ちだったらそういうこともありうるのか。

「つまりね」

藤代さんは続けた。

「わたしは、なにかをするためにアメリカに行ったんじゃなかった。大事なのは日本を離れることだった。わたしにとってっていうより、父にとってね」

藤代さんのアメリカ行きを決めたのは、父親だった。こまごまとした渡航の準備も、現地の住居や生活面での手配も、すべて彼がとりしきった。厳密にいえば、「目的」を持たない外国人はアメリカには住めない。長期滞在のために必要なビザがとれないからだ。普通ならあきらめるしかないところを、父親はくじけなかった。得意先のうち、アメリカでも事業を展開している会社の社長だか会長だかに頼みこみ、娘を子会社の社員として雇い入れてもらう体裁で、なんとかビザを手に入れた。

「はじめの一年くらいはまったく働かなかったけど。ただその会社に籍を置いていただけ」

「どうして、そこまでして」

つい、口を挟んでしまった。

「そういう意味では、理由はあった」

藤代さんはわずかに口ごもってから、言葉を継いだ。

「日本には、光山がいたから」

その名前が出てくる予感は、なんとなくあった。それでも、はいそうですか、と軽く受け流すのは難しかった。言葉を失っているわたしに向かって、藤代さんはかすかに笑ってみせた。

「わたしが四国まで光山に会いに行った話は、聞いている？」

「はい」

「どうしてそんなことしたか、わかるでしょう？」

「……はい」

藤代さんは光山に恋をしたのだった。

光山が京都を去った後、それでも無事にできあがった着物は、結局しまいこまれたままになった。そもそも着物をしたてるきっかけとなった婚約が破談になったからだ。この話を反《ほ》故《ご》にしたいと言い出したのは、むろん藤代さんのほうだった。

「光山とどうこうなりたいっていうわけじゃなかった。行方もわからなかったし。だけど、どうしても忘れられなかった」

両親は仰天した。婿養子として迎え入れる予定だった婚約者は、京都の資産家の次男坊で、優しくかしこく有能な男だった。交際は順調に進み、家族ぐるみのつきあいもはじまっていた。

「光山のことを想いながら他のひとと一緒になるなんて、できないと思ったの。たった一回会っただけなのにね」

若かったから、と藤代さんは小さな声で言い足した。照れているような、困惑しているような、そんな顔つきを見るのははじめてだった。聞いているわたしまで、なんだかどぎまぎしてしまう。

「当然、両親は大反対。このまま縁を切られちゃうかと思ったくらい」

本当の理由を藤代さんは誰にも明かさなかった。結婚したくなくなった、その一点張りで通した。光山に迷惑がかかることをおそれたのだ。父は怒り、母は泣いた。しかし脅されても懇願されても、藤代さんは頑として譲らなかった。恋人からも辛抱強く説得された。けれど彼も、その優しさとかしこさゆえに、最後には婚約破棄に同意した。

じ感想を抱く。

「若かったから」

藤代さんは照れくさそうに繰り返す。いつか京都を飛び出した話をしてくれたときの光山と、よく似た表情だった。このひとにもそういう時代があったなんて、とわたしのほうも同じ感想を抱く。

あのとき光山は、若かった藤代さんに対する第一印象も語っていた。すぐにわかった、と言っていた。おしとやかな令嬢に見えて、実は感情が激しくて一筋縄じゃいかない。光山のその直感は、正しかったことになる。

「わたしと光山は同い年なの。光山が嵯峨野の工房に戻ってきたとき、わたしたちはふたりとも三十の手前だった」

その頃、藤代さんは実家でがむしゃらに働いていた。優秀な後継者を手に入れそこねた父への、せめてもの償いのつもりだった。依然として、結婚するつもりはまったくなかった。

「両親も、内心ではそろそろあきらめてたと思う」

藤代さんは小さく笑った。

「それにね、やってみてわかったんだけど、わたし、こう見えても商売って苦手じゃないの。お婿さんなんてもらわなくたって、自分が後を継げばいいと思った。わたしならできるはずだって」

そこへ、光山が戻ってきた。

家でも職場でもずっと一緒に過ごしている親たちが、娘が恋をしていることに気づかないはずがない。心配されるかと思ったけれど、そうでもなかった。藤代が幸せになれるならそれでいいと、むしろ喜んでくれた。もっとも、その恋の相手こそが婚約破棄の原因だったのだと知ったら、反応はまた違っただろう。

「三年つきあって、プロポーズしたの」

藤代さんは遠くを見るような目をした。

「わたしから言った。もうこれ以上待てないと思ったから」

藤代さんからというのは意外な気もしたが、なにしろ相手はあの光山なのだった。黙って待っていてもらちが明かないだろう。

「そしたら光山、なんて答えたと思う？」

藤代さんの声が低くなった。いまいましそうに眉をひそめている。これもまた、はじめて見る表情だった。

え、でも、あの着物は？

光山はぽかんとして言ったのだという。あの着物、というのがなんのことか、藤代さんにはとっさにわからなかった。なにを言われているのか理解できたのと、光山がけげんそうに続けたのが、ほぼ同時だった。

藤代って、結婚したんじゃなかったの？　本当にあのときはどうかしてた

「あそこで気づくべきだったのに。本当にあのときはどうかしてた」

藤代さんは悔しそうに首を振った。

「わたし、うれしかったの。それで今までプロポーズしてこなかったんだなって思って。ごめんね、今までつらかったでしょう、って光山に謝ったのよ？　大丈夫よ、わたしは独身だから、なんにも心配しないでいいよって。結婚してる女と、平気でつきあうような男によ。おめでたいでしょう？」

当時の記憶がよみがえったのか、早口でまくしたてる。その迫力に圧倒されて、わたしはただ聞いていた。

「ほんとに、どうかしてた」

最後にぼそりとつぶやくと、藤代さんはぷつんと言葉を切った。うつむいて唇をかみしめている。怒りは、光山だけでなく自分自身にも向かっているようだった。

「それで、どうなったんですか？」

いつまで経っても続きを話し出そうとしないので、わたしはおそるおそる声をかけてみた。

藤代さんは無表情に答えた。

「光山は断った」

結婚ってちょっとどうもあれだな、というのが返事だったという。いろいろ大変そうだからなあ。今のままでも十分楽しいし、これでいいんじゃない？

「すごく軽い感じで、どうでもよさそうにね。わたし、それですごく落ちこんじゃって」

それは落ちこむだろう。と同意するのも、あるいは気の毒がってみせるのも、失礼な気がした。どちらも心からの気持ちではあるけれど、本心ならそのまま伝えていいというものでもない。わたしは引き続き、藤代さんの話に黙って耳を傾けた。

娘があまりにふさぎこんでいるので、両親はもちろん心配した。しつこく問い詰められ、藤代さんはとうとう光山のことを打ち明けた。両親の対応はすばやかった。ひとを使って、大事な娘をこんな状況に追いこんだ男のことを詳しく調べあげた。その結果、光山には藤代さんの他にも何人か恋人がいたことが判明した。

激怒した父親は裏で手を回し、光山を京都から追放した。さほど難しいことではなかった。光山の恋人のひとりは、嵯峨野の工房の主の妻だったからだ。一連の事情を藤代さんが知らされたのは、すべてが終わった後だった。

「信じられなかった」

藤代さんは深くて長いため息をついた。

「だけどよく考えたら、だまされてたってわけでもなかったのよね」

友達と約束があるから会えない、と言われることはたびたびあった。結婚について話すどころか、その可能性をほのめかされることさえなかった。不穏なしるしは、いくつもあった。もう少し注意していれば気づいたはずだった。ひょっとしたら、無意識に目をそむけていたところもあったかもしれない。

「舞いあがってたわたしにも、責任はあった。それがよけいに情けなくて」

確かに、そのとおりなのだろう。光山には、相手を欺こうとか陥れようとか、そんなこみいった思惑はない。おそらく嘘すらついていない。反対に、正直すぎるといったほうがいいかもしれない。誰かに惹かれたら、なんの迷いもなく、ひたすら一直線に近づいていくのだから。

若かったから、と光山自身も言っていたように、年齢を重ねて変わった部分もあるに違いない。けれど本質は、二十年近く経った今も、おそらくほとんど変わらない。だからこそ、かつて藤代さんを打ちのめした痛みが、わたしにもこれほどまでに強く伝わってくるのだろう。

「しばらくは、もうなにもかもどうでもよくなっちゃって」

光山が去ってから、藤代さんは仕事もせず、家にこもって眠ってばかりいた。やつれ果てた娘を見かね、父は海外で休ませることに決めた。一日も早く忌まわしい記憶から立ち直らせるためというのもあったし、諸悪の根源である光山との接触を完全に断つためでもあった。藤代さんは三年間アメリカで暮らし、帰国してすぐに、親に勧められるままに見合いをした。縁談はすぐにまとまった。藤代さんよりいくつか年上の、由緒ある美術商の後継ぎだった。この業界では若手と呼ばれる年齢にもかかわらず、鋭い鑑定眼はすでに認められていた。

「夫は仕事もできたけど、すごくいいひとでね」

藤代さんはそこで、あ、いけない、と口をおさえた。

「夫じゃなくて、元夫ね」

どういう反応がふさわしいのか、見当もつかなかった。幸い藤代さんはわたしの相槌など期待していなかったようで、なつかしそうに言葉を継いだ。

「ともかく、本当に心の広いひとだった。光山とのことも全部承知した上で、結婚してくれたんだから」

この先会うこともないだろう彼に、わたしはしばし思いをはせた。三年かけて異国で癒さなければならないほどに手ひどい失恋を味わった女と、結婚する。寛容には違いないけれど、それだけではないだろう。よっぽど藤代さんにほれこんだのか。逆境に燃える性質だったのか。もしくは、そうとう変わり者だったのか。

藤代さんの説明は、そのいずれでもなかった。

「いいひとだったし、自信家だったのよね」

「自信家？」

「そう。だって、光山を京都に呼び戻したんだから」

それはもう、かなりの自信家に違いない。

妻を試そうとしたとか、あるいはあてつけのつもりとか、裏の目的があったわけではないらしい。そんなややこしいことを考えるようなひとじゃなかった、と藤代さんは言う。彼は純粋に光山の才能を買っていた。ちょうど光山が賞をとったりメディアで紹介されたりもして、注目されはじめた時期でもあったのだという。

そうして光山は京都に帰ってきた。

「夫はね、作ったのがどんな人間だとしても、作品のすばらしさは変わらないって言ってたの」

それが彼のやりかただった。光山の染めものに限らず、どんな作品に対してもそうだった。作家の人間性は、生み出される芸術品となんの関係もない。品物に対峙するときには、目の前にあるそのものだけに集中する。作者の意図も思想も、性格も価値観も、彼にとっては特に重要ではなかった。もっと直截《ちょくせつ》にいうなら、余分でじゃまなものでしかなかった。

「一緒に美術展に行くとするでしょう。展示の最初にあるパネルとか、作品に添えてある説明とか、一切読まないの。もちろんパンフレットももらわないいし。ほんとに徹底してたわ」

幾分か明るくなった藤代さんの声を聞いて、ああ、とわたしは胸をつかれた。夫、ではなく元夫のことを、藤代さんはちゃんと好きだったのだろう。好きだったのに、それでも離れざるをえなかった。

「それが、光山とつきあってるうちに、ちょっと考えかたが変わったらしいの」

過激な言いかたをするなら、過去に妻をもてあそんだ男だ。悪い印象にひきずられて作品の評価も下がったのかと思いきや、逆だったらしい。

彼は光山自身のことも気に入っていた。あの自由磊落《らいらく》な人柄ゆえに、こんなに力強く個性的な色が生まれるのだと、感心していたそうだ。美術商という仕事柄、多くの職人や芸術家たちと親しく交流していた彼だからこそ、より強く光山に惹かれたのかもしれない。なんとなく、わかる気もする。ひとたらし、とふやまちのオーナーがいつか光山のことを評していたのを、わたしは思い出していた。

「もちろんわたしのほうは、もう関わりあうつもりはなかった。でも……」

藤代さんは再び暗い顔になった。とぎれてしまった続きを、わたしは頭の中で補う。でも、やっぱりだめだった。

「ちょっとごたごたしちゃってね」

ごたごた、の中にはたぶん、夫が元夫になってしまったいきさつも含まれるのだろう。

「でも全部、昔の話だから」

藤代さんはきっぱりと言って、ゆるく首を振った。目の前にたちこめているうっとうしいもやを払うかのように、あるいは、とり返しのつかない過去を振り切るかのように。

「今はもう、光山と恋愛しようとは思わない。完全にこりたのよね」

嘘にも強がりにも聞こえなかった。表情も、いつものとおり穏やかだ。

「プリン、もうひとつずつ食べない？」

わたしはうなずいた。確かに甘いものがほしい気分だった。

蘇芳

一月のはじめに退院して、店も再開した。三日も経つと、松葉杖をついて立ち働くのにも慣れてきた。

基本的には座って店番をしているので、そう不便はない。親切なお客さんだと、包装は簡単でいいと気を遣ってくれたり、食器の並びが乱れているのを直してくれたりもする。商品の入れ替えはさすがにやりにくいが、ブライアンに手伝ってもらってお正月用の食器類だけ片づけ、とりあえずしのいだ。どの道、あと十日もすれば松葉杖なしで歩けるようになる。

復帰して五日目の夕方、光山が店にやってきたとき、わたしはちょうど店じまいをはじめようとしていたところだった。

光山はつかつかとレジ台の前まで歩いてきて、立ちあがりそびれているわたしを見下ろした。表情が険しい。いつもはへらへら笑ってばかりいる光山に、こんなふうににらまれるのははじめてで、わたしはとっさに身がまえた。

「どうして連絡してくれなかったんですか」

光山が低い声で言った。

「すみません」

いつになく硬い雰囲気に気おされて、まずは謝った。きちんと断らないままに新潟行きをすっぽかしてしまったのは、わたしも気にはなっていた。病院から電話できればよかったのだけれど、番号が手もとになかった。ブライアンに聞くわけにもいかない。そうこうしているうちに、出発の日を過ぎてしまった。

「お金はちゃんとお返しします」

と言い足してみたら、苦々しげに言い返された。

「そういう問題じゃなくて」

「ごめんなさい。ちょっといろいろあって、ばたばたしていて」

詳しく説明するかわりに、傍らに立てかけてあった松葉杖に手のひらを置いた。こうして店にやってきているということは、藤代さんから事の次第は伝わっているのだろう。

光山は返事もしない。腕を組み、ふてくされたように黙りこんでいる。

わたしのほうも、少しずつ腹が立ってきた。適当に言い逃れようとしているわけではなく、本当にばたばたしていたのだ。それに、連絡がなかったのは光山のほうだって同じだ。一方的にチケットを送りつけてきたきり、音沙汰がなかったくせに、それを棚に上げてわたしばっかりを責めるなんて理不尽な気がする。

しばらく沈黙が続いた末に、光山はぼそりとつぶやいた。

「心配したんだ」

小さな子どもみたいに唇をとがらせて、言う。

「電話をしても全然出ないし、店も閉まってるし、家も留守みたいだし。なにかあったのかと思った」

あっけにとられて、わたしは光山を見つめ返した。そういうひとなの、という藤代さんの声が、耳によみがえっていた。自分勝手で、他人に執着しないように見えて、変なところですごく優しいの。

「ねえ、紫さん」

あの日病室で、長い長い思い出話の終わりに、藤代さんはふと口調をあらためた。わたしは背筋を伸ばして続きを待った。

「どうしてこんなことを長々と話したかわかる?」

わからなかった。わたしを脅かそうとしているふうではない。まさか自慢でもないだろう。もう終わった話なのであれば、牽制《けんせい》する意味もない。

「知っておいたほうが、いいと思ったから。よけいなおせっかいかもしれないんだけど」

藤代さんは考え考え、続けた。

「今、紫さんは光山のことを忘れようとしてるんでしょう?」

まっすぐに目をのぞきこまれ、うなずくことも否定することもできなかった。身じろぎもせず、藤代さんの視線を受けとめた。

「それが正しいとか、間違ってるとか、わたしが口を出すことじゃないとは思う。でもね、あのひとを忘れることがどんなに大変かは、覚悟しておいたほうがいい」

光山と向きあいながら、わたしは藤代さんの言葉を反芻する。

確かに、大変だ。なるべく考えないように心がけていても、こうやって押しかけてこられたら、すぐ水の泡になってしまう。

光山は渋い顔のまま、ぶらさげていた紙袋をカウンターの上に置いた。

「なんですか、これ？」

「新潟土産」

「えっ」

妙な声が出てしまった。どうしたらいいかわからなくなって、とりあえず袋の中をのぞいてみる。日本酒らしき細長い瓶が入っている。

「行ったんですか？　ひとりで？」

「行ったんです。ひとりで」

光山はむっつりと繰り返した。

「電車が発車してからも、しばらくあきらめきれなかった。もしかしたらぎりぎりに飛び乗ったかもしれないと思ったから」

想像してみる。特急列車の、ふたり掛けの席に、光山が座っている。冬休みで車内は混みあい、これから遠くに出かけようとしている人々特有の熱がこもっている。光山は首を伸ばし、通路と窓の外を交互に確認する。もちろんわたしの姿はどこにもない。とうとう発車を知らせるアナウンスが流れ、ベルが鳴り響く。ゆるやかに動きはじめた列車の中で、反射的に腰を浮かせ、なおも周囲をきょろきょろとうかがう。列車はどんどん加速していく。

「他の車両も見にいったりしてね。席を間違えてるんじゃないかとか、ひょっとしてこっそり隠れてるんじゃないかとか、いろいろばかなことも考えて。往生際が悪いったら、なかったな」

光山はしかめ面でぶつぶつ言っている。眉が下がり、情けない表情になっていた。

「すみません」

口では謝りながらも、ついふき出してしまった。光山がすねたようにそっぽを向く。

「ちっとも悪いと思ってないでしょう。ひどいよなあ」

こうして話していると、秋口の、ふたりで頻繁に会っていた頃に戻ったかのようだった。エリナが登場して以来、ろくに顔を合わせていなかったのが嘘みたいに、ごく自然に会話が進んでいく。光山はもう忘れているのだろうか。それとも、こだわっていたのはわたしだけで、光山のほうはさして気にしていないのか。

気にすることないから、とも藤代さんは言っていた。いちいち気にしてたら身がもたないでしょう、と。

でもやっぱり、気になる。どうしても意識してしまう。エリナのことだけじゃない。考えてみれば、わたしはずいぶん長い間、光山を気にしているのだった。

「だけど残念だったなあ、めちゃくちゃいいところだったのに。温泉は最高だったし、めしも酒もうまかったし」

口調は相変わらずぶっきらぼうではあるものの、光山の目もとはゆるんでいた。ようやく機嫌が直ってきたらしい。

「来られなくて、損したな」

「はあ」

調子を合わせるつもりはなかったのに、思いのほかうらやましげな声になってしまった。光山はにやりと笑って肩をすくめ、わたしの足もとに視線を落とした。

「まあ、その脚じゃしょうがないか」

行かなかったのはすべて怪我のせいだと言わんばかりだ。意図的にせよ、そうでないにせよ、過去のいざこざを蒸し返す気はないらしい。

藤代さんともこうだったんだろうな、と思いあたる。どんなにこじれていても、次に会うときにはひきずらない。みじめな記憶は消え去り、なぜか幸福な余韻だけが積み重なっていく。あの長い物語は、そうやって紡《つむ》がれたのだろう。

「さて。帰ろうかな」

光山が言った。来るのも突然なら、帰っていくのも同じく突然だ。

光山には光山のタイミングがある。リズムがある。それに驚かなくなった自分に、あきれたらいいのか感心したらいいのかも、わたしにはもはやわからなくなっている。

「会えてよかった。今日はちょっと時間がないんだけど、また連絡するから」

座っているわたしの頭を、光山はぽんぽんと軽くたたいた。聞き分けのいい子どもをほめるときみたいに。

「お大事に」

片手を挙げて出ていく光山を、わたしはぼんやりと見送った。


光山が帰って五分も経たないうちに、今度はブライアンが店へやってきた。入ってくるなり、開口一番にたずねる。

「どうしたの、ユカちゃん？」

「え？　どうして？」

内心どきりとしたものの、平静を装って応じた。

「いや、なんだかうれしそうだったから」

　これには答えられなかった。

「あれ、なんですか、これ？　お酒？」

ブライアンは目ざとく日本酒の入った紙袋を見つけて、中をのぞきこんでいる。

「もらったの。お土産だって」

うまい返事を思案しつつ、松葉杖を手前に引き寄せようとして、失敗した。指先にひっかかった杖がすべり落ち、ゆっくり床へと向かっていく。

「お土産？　お客さんから？」

なにかが手から離れていくときの様子というのは、どうしてこうやってスローモーションで見えるんだろう。つかむときには、いつのまにか手のひらの内側にすっぽりとおさまっているのに。

　からん、と大仰な音が響いた。

「危ない」

ブライアンが悲鳴を上げ、走り寄ってくる。

「気をつけて。せっかく治ってきてるのに」

ブライアンは優しい。そばにいる、と言ってくれた。そばにいるから心配しなくていい、と。素直にうれしかった。

でも、いつまでも甘えているわけにはいかない。

「大丈夫、大丈夫。もうほとんど治ってるし」

「その自信が危ないんだ。注意一秒、怪我一生。驕《おご》る平家はひさしからず」

注意一秒怪我一生、はまあまあ悪くないけれど、驕る平家はひさしからず、はちょっと違う気がする。どちらにしても、日本の格言を駆使したお説教はいったんはじまると長びく。

わたしはさりげなく話題を変えてみた。

「今日、なに食べようか？」

入院中にさんざん迷惑をかけたおわびとお礼に、今晩はおごってあげる約束になっている。

レディーにごちそうになるなんてとんでもないよ。あれは僕にも責任があるんだし。ブライアンがひたすら遠慮するのを、押しきった。借りばかりできてしまっては申し訳ない。貸しとか借りとかいう感覚がレディーじゃないんだよな、とため息をつかれた。

「いいのかなあ。悪いなあ」

まだ言っている。わたしは日本酒を紙袋ごとレジ台の下へ押しこんだ。

祇園の和食、北山のフレンチ、といくつか提案してみたが、ブライアンがもっとリーズナブルな店にしようと主張して譲らなかった。ふやまちなら歩いて行けると言ったのに、ブライアンは車を拾ってくれた。

「話は聞いてたけど、こうして見ると痛々しいなあ」

わたしの松葉杖を見て、オーナーは顔をしかめた。

「ちゃんと座れる？　席、狭ない？　松葉杖、隅に立てかけとこか？」

しきりに心配してくれる。この前にここへ来たときのことを、断片的に思い出した。年末を間近にひかえ、店は空いていた。ひさしぶりだったのもあって、オーナーといつになくたくさん話した。光山とつきあっているわけではないとわたしは断言した。それから、いつもより飲みすぎた。

「まあ、足以外は元気そうやな。大丈夫そうでよかったわ」

ひとしきりわたしの全身を見回した後で、オーナーは言った。前回も、大丈夫かとしつこくたずねられた。あのときに比べれば、今日はいくらかましに見えるのだろうか。

「不便やろうけど、ブライアンに足になってもろたらよろし」

ブライアンが力強くうなずいた。

「はい。ユカちゃんの手足となって支えていく所存です」

「所存って、また渋い言い回ししはるな。勇ましくてええけど」

「一生歩けないわけじゃないんだから、おおげさですよ。もう十分お世話になってるし」

会話がまた妙な方向に流れていきそうだったので、わたしは冗談めかしてさえぎった。

「遠慮しないで、なんでも食べてね」

「今日は紫ちゃんのおごり？　なるほど、ギブアンドテイクやな」

オーナーがなぜか英語を使って納得する。ブライアンが悲しそうに抗議した。

「そんなドライなこと言わないで下さいよ」

「ドライやないよ。京都人のたしなみや。もらいっぱなしじゃ気が休まらん」

「京都はそうでも、西洋には騎士道があるんです。男性は女性を守るものです」

「日本は武士道やな。女よりもまず、家とか仁義とか」

どんどん話がずれていく。

「ジンギ？」

「そう。仁義のために命をかけるっちゅうのが、武士の心得や」

「じゃあ、僕たちは愛するひとのために命をかけるってことになりますね」

「愛って言葉、日本人はあんまし使わんなあ」

寒ぶりのおつくりと、ちぢみほうれん草のおひたしと、ひろうすを注文した。紫ちゃんはカルシウムをとらなあかん、とオーナーが気を回し、頼んでいないのにあぶったししゃもや鰈《かれい》の骨せんべいも出してくれた。ビールを一杯ずつ飲んだ後、焼酎に移った。わたしはどちらかといえば芋が好きで、ブライアンは麦派なので、それぞれ別の銘柄をオーナーに選んでもらった。最初は恐縮していたブライアンも、酔いが回るにつれて遠慮が薄れてきたのか、途中から飲みっぷりが加速した。

気がついたら、カウンターは満席になっていた。オーナーは忙しく立ち働いている。あたたかい店の中に、ざわめきと食器のふれあう音と料理のにおいが満ちている。

ほっとした。いつもの場所に、戻ってきた。戻ってこられた。

「さっきのお酒って」

ブライアンがだしぬけに切り出したのは、それぞれ三杯目か四杯目のおかわりを飲みはじめたときだった。

「熊本の芋だって。かなり甘かった。おいしかったけど、わたしはこっちのほうが好きかも」

わたしは湯のみをかかげてみせた。

「ブライアンのはどんな感じ？」

「いや、焼酎じゃなくて。日本酒の話」

ブライアンはわたしと目を合わさず、自分の湯のみをいじっている。

「あの、店にあった、お土産の」

酔いが少しさめた。焼酎をカウンターの上に戻し、息をととのえる。ブライアンも湯のみを置いて、わたしをちらりと見た。

「あいつなんでしょ」

そう言われるだろうとなんとなく見当はついていたけれど、答えはまだ準備できていなかった。ブライアンはまた目をそらし、正面を向いてひっそりと笑った。

「別に口出しするつもりはないんだよ」

カウンター越しに誰かに話しかけるかのように、続ける。横顔の向こうに、常連客たちが楽しそうに話しこんでいるのが見える。オーナーができたての料理を指さしてなにやら説明している。天井からぶらさがっている黄色いランプの下で、誰もかれもが幸せそうだ。

「ただ、ちょっと心配なだけ。ユカちゃんがいやな思いをするんじゃないかって。あいつ、武士道も騎士道も関係なさそうだから」

ブライアンは言葉を切って、焼酎を飲み干した。

「ねえ、ユカちゃん」

今度は体ごと、わたしのほうへ向き直る。

「やっぱり僕は、ユカちゃんの足にはなれませんか？」

「どうしたの、いきなり」

わたしは微笑もうとした。

「いきなりかな」

ブライアンがつぶやき、ごめん、と小さく首を振った。

「こういう話は足が治ってからだね。怪我人につけこむなんて、卑怯だ」

ブライアンは優しい。予想もつかない行動でわたしを戸惑わせたりしない。無神経に心の中へ踏みこんできたりもしない。わたしの負担にならないように思いやりつつ、できる限り支えようとしてくれる。

「できれば、はっきりさせたかったんだ」

ひとりごとのように、ブライアンは言い足した。


ギプスがはずれた日、わたしは病院の前からバスに乗った。

松葉杖がないとやはり心細い。手すりにつかまって慎重に乗りこみ、降りてからもあまり速くは歩かずに、一歩ずつ地面を踏みしめて足を運んだ。

足が治ったらやりたいことは、いくつも考えてあった。店の掃除をする。家の掃除もする。シャワーではなく湯船にゆっくりつかる。ふとんを干し、シーツとふとんカバーを替えて洗う。料理を作る。思いきり厚着して、鴨川や糺の森あたりをのんびり散歩する。想像するだけでわくわくしてくるくらい具体的に、考えていた。

けれど今、わたしがまっさきに向かおうとしているのは、家でも店でもない。

はっきりさせよう、と決心したのだった。このままではいけない。くるくると同じ場所を回っているだけで、どこにもたどり着けない。

右足がうずく。道の端に寄って、立ちどまった。ひとりでどこにでも行ける、つもりだった。誰にも頼らず迷惑をかけず、そのかわり、影響も干渉も受けない。でもそんなふうにやってこられたのは、ただ運がよかったからに過ぎなかった。

もう一度、よく考える。わたしは本当にひとりでいたいのか。それとも誰かと一緒にいたいのか。いや、誰と一緒にいたいのか。

辻猿工房に着いたのは、昼前だった。

「ああ、紫さん。いらっしゃい」

なんの連絡もなく訪れたにもかかわらず、まるで前もって約束していたかのように、光山は快くわたしを迎えた。

一階は作業中で散らかっているからと、二階の事務所のほうに通された。染めものの準備をしているところらしく、なにか植物を煮出していると思しき青くさいにおいが、襖の向こうから漂い出してくる。

そろそろと階段を上り、ドアを開けると、応接セットのソファに藤代さんが座っていた。

ローテーブルの上に両手をつき、軽く身を乗り出すようにして、カラフルなテーブルクロスに目を落としている。

「あら、いらっしゃい」

こちらを振り向いて会釈した藤代さんは、わたしの足に目をとめ、歓声を上げげた。

「治ったのね」

淡いクリーム色のセーターが色白の肌を引きたてている。わたしは深々とお辞儀した。

「お見舞い、どうもありがとうございました」

「藤代も知ってたんなら、どうして教えてくれないかなあ」

光山が割りこんできた。

「仲間はずれはひどくないか？　傷つくよ」

「だって聞かれなかったもの」

藤代さんはすまして切り返し、皮肉っぽくつけ加えた。

「あなたが行って悪くなったら困るでしょう」

「逆だよ。治りが早くなったはずなのに」

光山が肩をすくめた。リズミカルなやりとりは以前と変わらない。

「紫さんもご覧になる？」

藤代さんが手もとの布を持ちあげてみせ、そこではじめて、パッチワークの大きなクロスのように見えていたものが実は何枚もの小さな布だというのがわかった。どれも十五センチ四方ほどの大きさだ。商品用の見本だろうか。

誘われるように、藤代さんの向かいに腰かけた。ちょうど正面にあった明るい黄色の布に目をひかれ、なにげなく手にとってみる。

「さすが紫さん。お目が高い」

隣に座った光山がはずんだ声を上げた。わたしは反射的に布を戻した。光山が自信作を手のひらにのせ、もう片方の手でいとおしげにひとなでした。

「これは、くちなし。今年は、これまでで一番うまく染まった」

くちなしの実は、手に入ったらしばらくおもてに吊り下げておいて、熟しきったものから炊き出すという。基本的に無媒染で染める。他の染料と違って、媒染剤で色が変わらないのだ。単独で、光り輝く黄金色が生まれる。

「王様の色ね」

藤代さんが口を挟んだ。

「そうだな。何物にも動かされない、他の色を寄せつけない。ある意味、ちょっと孤独かもしれない」

光山がどこかしんみりした口調で答える。

「誰かさんみたいじゃない？」

藤代さんがからかうように言った。光山が眉をひそめる。

「誰だ？」

「そのまんまじゃない。気の向くまま、わが道をゆく」

王様の色、というのはいかにも光山にふさわしいように、わたしにも思えた。誰にも影響されない。他人のことをいちいち考えない。相手が人間であれ染めものであれ、直感を頼りにひたすら突き進む。

「そうかなあ？　あ、でも」

光山がわたしに思わせぶりな視線を投げた。

「黄色は、紫色と相性がいいんだ」

ふいに、胸が苦しくなった。

また調子のいいことばかり言っている、と苦々しい気分がこみあげてきたせいばかりではない。光山がこういった言葉を真心から口にしているのは知っている。気持ちに偽りはないのだ。けれどその気持ちは、誰かひとりだけに向けられるものではない。

今も、昔も、たぶんこれからも。

「あの」

わたしは言った。

「話があります」

光山と藤代さんが、同時にわたしを見た。

「ちょっと下を見てくるわ」

藤代さんがすいとソファから立ちあがった。


ふたりきりになるなり、わたしは後悔した。話があると言ってはみたものの、どう切り出すかは決めていなかった。もやもやした胸の裡《うち》をそのままぶちまけても、きっと伝わらない。わたしのことをどう思ってる？　わたしたちってどういう関係なの？　つきあってるの、そうじゃないの？

とりとめもなく頭に浮かんでくる質問は、どれも口にする気になれなかった。中学生じゃないんだから、と思う。言葉にしたからといって、「はっきり」するとも限らない。衝動に任せて西陣まで来てしまったことといい、今日はどうも段取りが悪い。わたしらしくもない。足が治ったからって、調子に乗って――。

いや、違う。

わたしはうつむき、唇をかんだ。今日だけじゃないし、足のせいじゃない。光山と出会ってから、わたしはわたしらしくなくなっていた。

光山のほうは、くちなし染めの布を再びしげしげと眺めている。

「いい色だよな。目立つのに、それでいて品がある」

わたしがなにを話そうとしているのかも、特に気にしていないようだ。気負わない様子を見るにつけ、自分がばかみたいに思えてくる。

「紫さんは」

ゆだんしていたら、だしぬけに呼びかけられた。じっと顔を見つめられ、にわかに心臓の鼓動が速くなる。

「どれだろうな」

光山がテーブルに目を移し、色とりどりの布をいじりはじめた。一枚ずつ手にとってはとっくりと検分し、また戻す。

「やっぱり紫かな」

ひとりごち、紫系の布を選り分けていく。ひとくちに紫といっても、いろいろあった。薄いもの、濃いもの、赤みがかったもの、青みが強いもの。しぼりの模様が入っていたり、複数の色が縞模様になっているものもある。取り分けた十枚ほどを他の布の上にずらりと並べ、光山は腕を組んだ。

「柄ものじゃないな」

半分ほどを横にのけた。残った布を順に手にとって、わたしの顔と見比べる。

「無地で、明るすぎなくて……青と赤との勢いが互角で……」

大きくふたつの山に分けられている何枚もの紫の布を、わたしは眺めた。色については異存ない。でも、どうして無地なんだろう。華やかな柄ものに比べて、どれも似たりよったりでかわりばえしない。地味でぱっとしないというのが、つまり光山のわたしに対する印象なのだろうか。

「染めでも織りでも、無地が一番難しいんだ」

布を選ぶ手は休めず、光山が静かに言った。

「ごまかしがきかないから。生地そのもの、色そのもので勝負しなきゃいけない……あ、これなんかどうかな」

膝にのせられた一枚を、わたしは手にとった。こっくりと濃い、ぶどう色の布だった。さっきのくちなしよりも厚手で、表面にわずかなでこぼこがある。ざらりと素朴な手ざわりが指先に残った。

「紫草。つばきのあくで媒染してある」

いつか教わった、赤い染料と青い染料をかけあわせる簡易な手法ではなくて、紫草の根だけで染めたものだという。そのせいなのか、さっき光山が言っていたとおり、赤にも青にも寄りすぎていない。均衡のとれた色あいは、確かに絶妙だった。

「やっぱり自然の色には独特の味がある。赤と青をまぜるほうが色みの調整はしやすいし、失敗も少ないんだけど」

紫根で染めるときには、温度の調節に細心の注意が必要になる。液の温度が六十度を超えてしまうと、だんだん深まりつつあった色がたちまちくすみ、鈍い灰色に変わってしまうからだ。ほんのわずか気を抜いただけで美しい紫は失われ、もう二度と戻ってはこない。

「あったためすぎちゃいけない。でも温度が低すぎると、色がぼやける」

これまでどれだけ泣かされたか、と光山は首を振った。

「だからこそ、うまくいったときは本当にうれしいんだな。ぎりぎりのバランスで、奇跡みたいな色が出る。何度失敗しても、あきらめないでやるだけの価値はある」

いたずらっぽく微笑んで、わたしのほうへ身を乗り出す。

「ね、ちょっと紫さんに通じるところがあるでしょう」

言葉に詰まり、わたしは黙って光山を見つめ返した。

熱しすぎるとだめになる。かといって、ぬるくてもいけない。それのどこがわたしなんですか、と問い返す気力はなかったし、さあどうでしょうね、と受け流す余裕もなかった。大きさが違う左右の瞳の中で、小さなわたしが頼りなく揺らめいている。

「わたしのこと、どう思ってる？」

さっきから頭の中をぐるぐるめぐっていた問いが、とうとうこぼれ出てしまった。

光山が嘘をついているとは思わない。むしろごく率直に、そのときどきの気持ちや気分を口にしているのだろう。ただ、さらにその奥にあるはずの本心が、なかなか見えない。

「どうしていきなり、そんなこと」

光山が不思議そうに眉を寄せた。

「どうしてって……」

わたしはがっかりして口ごもった。まただ、と思う。またこうやってはぐらかす。

「だって」

声が震えた。光山はわたしをじっと見ている。心なしか目を細めている。わたしは大きく息を吸いこんだ。

もうこれ以上はがまんできない。したくない。

「だって、あなたのことが好きだから」

光山が笑った。

「ありがとう」

ゆったりと、言った。それこそ王様のように、落ち着きはらって、余裕たっぷりに。そんなことはもうとっくに知っていた、と言わんばかりだった。わたしの心臓はかつてないほど激しく、まるで別の生きものが暴れ回っているみたいに、どくどくと波打っているというのに。

なんだか急に、憎らしくなった。わたしは光山の膝に手のひらを置いた。それを支えに、座ったまま伸びあがり、顔を寄せる。光山がわずかに眉を上げた。笑みをひっこめ、それから目を閉じた。

キスというより、唇と唇がぶつかった、という感じだった。光山が身じろぎしたが、わたしはかまわず口を押しつけた。胸の内側に閉じこめられ、出口を探してもがいている野蛮な生きものが、このまま光山の中へ駆けこんでいけばいい。

光山の体から力が抜けた。わたしの背中に、手を回す。あたたかい手のひらが円を描く。時計回りに一周、二周、やわらかく動く。三周目で、わたしの腕からも力が抜けた。光山の胸にもたれかかり、そっとまぶたを閉じる。心臓の鼓動が伝わってくる。思っていたほど、遅くはない。

階下で大きな物音がしたのは、そのときだった。

なにか重たいものがぶつかりあうような鈍い音に、甲高い女の叫び声が続いた。コーちゃんを自由にしてあげてよ、と聞こえた。

先に部屋から出たのは光山だった。

わたしもあわてて後を追いかけた。気が急いているばかりでなく、松葉杖をつかずに階段を下りるのはひと月ぶりで、足がもつれる。こわごわと数段ほど下りたところで、作業場の襖が開いて中から誰かが飛び出してきた。

一瞬、藤代さんかと思ったけれど、違った。さっきの声はやはり空耳ではなかったらしい。すでに階段の半ばにさしかかっていた光山が足を止め、たずねた。

「どうした？」

エリナは答えなかった。わたしたちを見上げ、目を見開いて立ちつくしている。顔が真っ白だった。二階にまで聞こえるほど大声でわめくなんて、藤代さんによほど気にさわることでも言われたのだろうか。

「藤代は？」

光山が重ねて聞いた。エリナはやはり押し黙ったままでわたしたちをにらみつけると、くるりと踵を返して玄関から出ていった。

突然、光山が階段を駆けおりはじめた。あっというまに一階に着き、エリナを追いかけるのかと思いきや、玄関の前で身を翻して作業場へ入っていく。わたしはまた一歩、階段を下りた。耳をすましてみたが、なんにも聞こえない。

藤代さんはいないのだろうか。でも誰もいないのだとしたら、エリナがああして叫んでいたのが解せない。それから、あの鈍い音も。

不吉な響きを思い出し、急に胸騒ぎがしてきた。足をかばいつつ下までたどり着き、開けっぱなしになっていた襖から作業場の中をのぞく。夏の森を連想させる、むっとした独特のにおいが鼻をついた。

一見した限りでは、特に異変は見受けられなかった。冬の淡い陽ざしが窓からさしこんでいて、部屋の中は薄ぼんやりと明るい。奥のコンロに大鍋がかけられ、その傍らになにかの枝が一束置いてあった。まるい円卓の上には大小のボウルがのっている。円卓のさらに向こう、これもいつもどおりの定位置に、古びた棚とひとりがけのソファが据えられている。

藤代さんはソファに座っていた。目を閉じているので、うたた寝しているようにも見える。その姿だけを見れば、別におかしなところはない。もっとも、ついさっきエリナがあんな剣幕で飛び出してきたのを考えると、眠っているはずはないけれども。

それより異様なのは、光山だった。どういうわけか、藤代さんの真正面で仁王立ちになっている。両腕をだらんとたらし、ぴくりとも動かない。こちらに背を向けていて顔は見えない。

なんとなく声をかけあぐねて、わたしはそっと室内に入った。ふたりのほうへ足を踏み出したところで、ちょうど光山の背中に隠れて見えなかった、藤代さんの上半身が目に入った。クリーム色のセーターの胸からおなかのあたりにかけて、真っ赤なしみが広がっていた。ひ、とかすれた声がもれた。それがなにかの合図になったかのように、光山の体がゆらりと動いた。膝をつき、藤代さんの手をとる。

「藤代」

こんなに心細げな光山の声を、わたしははじめて聞いた。

藤代さんの手にすがりつき、うわごとのように繰り返す。

「おい、藤代」

「藤代……藤代……」

藤代さんは目を開けない。ひどく穏やかな表情をしている。

痛かったり苦しかったりしないのだろうか、と考えかけてぞっとした。縁起でもない。不穏な思いつきを払いのけようと首を振り、そこではたと我に返った。

ぼんやりしてる場合じゃない。とにかく早く救急車を呼ばないと。

「電話は二階ですか？」

　後ろから光山に声をかけた。普通に声を出したつもりが、どなっていた。

　光山が振り返った。その顔を見て、またもや唖然とした。さっきまでとはまるで別人だった。暗く深い穴のような、うつろな目をしていた。わずかに大きい右の瞳から、涙が一筋こぼれ落ちた。

「しっかりして下さい」

　この分だと、返事を待つより二階の事務所に上がったほうが早そうだ。ひとまず出口に向かいかけたそのとき、背後から声が届いた。

「大丈夫」

　落ち着いた声は、光山のものではなかった。わたしはびっくりして振り向いた。

「大丈夫だから。ふたりとも、そんなにあわてないで」

　藤代さんがソファの背もたれから身を起こし、わたしたちに笑いかけていた。

「ずいぶん派手にやったなあ」

　流しの前の床をせっせと拭きながら、光山が嘆いた。まだそこらじゅうに赤いしみが点々と散らばっている。

「せっかくいい色が出てたのに」

藤代さんのセーターをだいなしにしたのは、血しぶきではなかったのだ。蘇芳《すおう》は熱帯に生える木で、樹皮やさやから血のように赤い染料がとれる。

「わたしのせいじゃないわよ」

ソファから藤代さんが言い返した。円卓にひじをついているわたしに向かって、ねえ、と同意を求める。

藤代さんが作業場に下りた直後に、エリナはやってきたのだという。コンロの前に立って鍋をかきまぜていた藤代さんに、足音荒く近づいてきた。

「コーちゃんは？」

「上にいるけど」

藤代さんは正直に答えた。

「でも今は会えない」

「はあ？」

顔をしかめたエリナのために、

「紫さんが来てるの」

と説明を加えた。

「大事な話をしているみたいだから、じゃましないほうがいいわ」

「大事な話？　もしかして、別れ話とか？」

「まさか」

藤代さんの苦笑は、エリナの気にさわったようだった。

「前から言いたかってんけど」

エリナは憤然と言った。

「そういうの、ほんまむかつくわ」

「そういうのって？」

藤代さんはわけもわからず聞き返した。

「なんなんよ、余裕ぶっちゃって。ほんまは気になってるくせに、別に関係ありませんよって涼しい顔して。理解があるふうにアピールしてるつもりなん？」

「気にならなくはないけど、これは光山と紫さんの問題でしょう。わたしがとやかく言うことじゃ……」

「そこ！　そういうとこ！」

エリナが不愉快そうにさえぎった。

「どうしてそういうことになるわけ？　意味わからへん。そういう態度でこられると、コーちゃんも混乱しはるやろ」

「光山が、混乱？」

藤代さんはふき出した。確かに傍から見れば、状況はいささかこみいっているように思われるかもしれない。でもその渦の中央にいるのは、他でもない光山なのだ。

「なに笑《わろ》てんのよ」

エリナはますますいきりたった。

「あんたら、絶対おかしいわ。いいように振り回されて、コーちゃんがかわいそうやん」

憎々しげに言いたてられて、最初は笑って聞いていた藤代さんもさすがにむっとした。

「あなたになにがわかるの？」

おとなげないと知りつつも、言い返してしまった。突然の反撃に意表をつかれたのか、エリナはふくれっつらながらも口をつぐんだ。

「わたしたちには、わたしたちのやりかたがある」

藤代さんがどんな気持ちでそう口にしたのか、わたしにもわかる気はした。何十年もかけて積みあげてきた、やりかただ。藤代さんがどういう想いで、覚悟で、光山のそばにいるのか、他人にわかるはずがない。

「なにもわからないのに、いいかげんなことを言わないで」

藤代さんが言い添えると、エリナはかわいそうなくらい顔をゆがめたという。

「泣き出すのかと思った」

でも、そうではなかった。

エリナは流しの上に置いてあったボウルをつかんで、中身を藤代さんに浴びせかけた。午前中いっぱいかけて作った蘇芳の染料は、まだほのあたたかかった。

「口で言い返せなくなると、すぐ手が出るんだ」

光山がため息をつき、薄赤く染まった雑巾をゆすぎはじめた。

「ものを投げるのはやめてほしいよ、危ないから。クッションとかならいいけど、携帯電話やグラスは困る」

「若いからできることよね」

藤代さんがしみじみと言った。

「あんな若い子と言い争うなんて、はじめてかも。だからかな、なんだかどっと疲れちゃって」

汚れたセーターを脱ぐ気力もなかった。ぐったりしてソファに座りこみ、ひと休みしていたところへ、光山が血相を変えて飛びこんできた。

「だからって、なにも死んだふりすることないのに」

「だって説明するのも億劫だったし」

「それにしたって、ひとが悪すぎる。心臓が止まるかと思った」

流しのほうを向いたまま、光山がぶつぶつと言う。わたしも深くうなずいた。

「ほんと、あせりましたよ」

「ごめん、ごめん。だますつもりじゃなかったんだけどね」

藤代さんが肩をすくめ、光山に矛先を向けた。

「だけど、あなたも失礼じゃない？　あの子が刺したと勘違いしたんでしょう？」

光山は振り向かない。返事もしない。藤代さんがたたみかけた。

「第一、もし刺されるとしたら、わたしじゃなくて光山じゃないの」

「そうですか？」

わたしには腑に落ちなかった。エリナは光山に夢中なのだ。敵は藤代さんのほうではないだろうか。

「紫さん、よく考えてみて」

藤代さんはまじめな顔で答えた。

「ひとを刺すって、すごいエネルギーでしょう？　相手がわたしなら、刺しちゃいたいほど憎らしくはならないはず」

それはひとによるんじゃないですか、と反論しかけて、やめた。さっき光山とふたりで話していたときのことを、思い出したのだった。好きだと告げた直後だというのに、なぜか衝動的にわいてきた、生々しい憎しみを。相反するように見えるふたつの感情は、実は一対のものなのかもしれない。

「確かにそうなのかも」

感心して言った。さすが藤代さんだ。

「読みが鋭いですね」

「いや、読みじゃないな」

円卓のほうへ戻ってきた光山が、小声で割りこんだ。

「そうね」

藤代さんがにっこり笑った。

「わたしが、まさにそうだったものね」

またしても、わたしはあっけにとられた。そんな顔しないで、と藤代さんがにこやかに言う。今度はだまそうとしてるわけじゃないから。

「本当に、刺したの」

幸い、傷は深くなかったそうだ。病院には運びこまれたものの、傷口を消毒して薬を塗ってしまうと、すぐに帰された。

「刺したっていうより、切った感じね」

「しょせんテーブルナイフだもんな。あれは人間を刺すものじゃない」

「血もほとんど出なかったし」

「そりゃ、それと比べたらな」

光山が藤代さんのセーターを恨めしげに見やった。わたしはあきれてふたりを見比べた。なんなんだろう、このひとたちは。

「笑いごとじゃなかったんだよ」

光山から声をかけられて、わたしは自分がうっすらと微笑んでいることに気づいた。

浮雲

鴨川の桜は三分咲きといったところだった。平日なのでそう人出は多くないが、それでもあちこちで学生らしきグループが青いビニールシートを広げている。

　わたしたちが腰を下ろしているのは、いつものしましまのシートだ。真ん中に、色とりどりのおかずが詰まった重箱と、紙コップが四つ、置いてある。その周りにアルミ箔で包んだおにぎりが散らばっている。

「ビールにしますか？　それともワイン？　日本酒？」

　まるくふくらんだスーパーの袋をのぞきこみ、ブライアンが皆にたずねた。

「ビール」

　光山がすかさず言い、

「じゃあ、わたしも」

「わたしも」

　藤代さんとわたしも後に続いた。先週はまだ肌寒かったのに、今週に入って一気にあたたかくなった。鴨川沿いを荒神橋まで歩いてくる間に、すっかり喉がかわいてしまった。

「いろいろありがとう」

　缶ビールを両手で受けとった藤代さんが、ブライアンに頭を下げた。今回のお花見の企画と買い出しは、ブライアンがほぼ一手に引き受けてくれたのだ。食べものだけは持ち寄りでと言われ、わたしはまたおにぎりを作ってみた。

「すっかり甘えちゃって。重かったでしょう」

「こちらこそ、こんなにごちそうを作っていただいて。それに、レディーの皆さんに重いものを持たせるわけにはいきませんし」

ブライアンはわたしと藤代さんを順に見ながら、おどけてつけ加えた。

「ふたりとも、せっかく怪我が治ったんだから」

「おかげさまで」

わたしは右足首を軽くたたいてみせた。もうまったく支障はない。

「わたしの傷も、もうふさがったしね」

藤代さんも得意げにおなかのあたりをさすっている。光山が顔をしかめて頭を振った。

「勘弁してくれよ」

「蘇芳、ですよね。文学的ですね」

ブライアンが含み笑いをした。わたしから、ひととおりのいきさつは伝えてある。あいつにとってはいい薬だったんじゃないかな、と満足そうに聞いていた。

「文学的？」

光山が不服そうにつぶやいた。気持ちはわからなくもない。あれはそんな優雅なものじゃなかった。

「今昔物語に出てきますよ。蘇芳色なる血多くこぼれて、って。あとは、芥川」

「え、芥川にも？」

横から藤代さんが口を挟んだ。

「はい。藪《やぶ》の中に。死骸のまわりの竹の落葉は蘇芳に滲《し》みたよう、というくだりがあります」

いずれにしても、血なのだ。わたしと光山が見間違えたのも無理はない。

「あの、そういえば」

ブライアンが居ずまいをただし、藤代さんに声をかけた。どきりとする。ブライアンにあの日の顚末を話したときに、わたしはついよけいなことまで喋ってしまった。

「藤代さんも、昔……」

「そうなのよ」

藤代さんは照れくさそうに言った。気分を害した様子はない。ビールの缶を手のひらで転がしながら、続けた。

「つい、かっとなっちゃってね」

「悪かったよ」

なぜか光山が謝っている。この藤代さんが「かっと」なったくらいだから、それ相応の理由があったに違いない。

「藤代さんでも頭に血が上るんですね」

　ブライアンがうなった。

「意外だな。想像できない」

「それだけひどいことされたんじゃないですか」

「あら、紫さんまですっかり毒舌になっちゃって」

　藤代さんが驚いたように応じた。

「だけど、気をつけてね。女って、いざというときにはかっとなるから」

　言っている内容とはうらはらに、うきうきした口ぶりだった。わたしも藤代さんに負けないように、明るい口調を作った。

「大丈夫です。わたしは」

　自分だけはかっとならない、という意味ではない。現に、この間のこともある。刃物こそ使わなかったし、藤代さんの騒ぎでうやむやになってしまったとはいえ、思い余って自分から光山に迫るなんて、思い返してみたらつくづく無謀なことをしたものだ。

　藤代さんにとりすがり、放心している姿をまのあたりにして、思い知らされた。光山の心の中に――おそらく本人も意識していないほど奥底に――誰が棲んでいるのか。

「たぶん、大丈夫です」

わたしは言い直した。幻滅したとか冷めたとかいうのとは、また少し違う。純粋に、全身から力が抜けた。紫草は六十度を超えると色が変わる、とまさにあの日、光山は教えてくれた。同じようなことが、人間にも起こるのだろうか。

色は、変わった。すっきりした気もする。体が軽くなったような、なにかを乗り越えたような、なんだかすがすがしい気分になっている。

大丈夫だ、と思う。思いたい。

「どうかしら」

藤代さんが楽しげに笑い、

「紫さんになら、刺されても本望だけどな」

光山がしゃあしゃあと言った。

「ユカちゃんはそんなことしませんって」

「いや、藤代はこう見えて変な影響力があるからね。気をつけたほうがいい」

「変なこと言わないでよ。そもそも、紫さんは簡単に染まるようなひとじゃないでしょう？」

一年前なら、迷わずうなずけただろう。自分の色は自分で決める、決められる、という自信を、けれどわたしは持てなくなってしまった。

ちょっと熱しすぎたせいで、いったん落ち着いているとしても、いつまた鮮やかな色を放ちはじめるかわからない。燃えさかるような真紅か、まばゆい黄色か、みずみずしく澄んだ紫か。

「染まる？　ユカちゃんが？」

ブライアンがきょとんとして聞く。

「日本語だと、染まるっていう言葉に、影響を受けるっていう意味もあるの」

藤代さんが説明した。

「ああ、そうか。朱にまじわれば赤くなる、ってやつですね？」

「そうそう。それはどっちかっていうとよくない意味で使われるけど、反対に、きれいに染まっていく場合もあるわね」

「なるほど。いい方向に感化されるってことか」

そういう意味では、とブライアンはちらりとわたしを見た。

「ユカちゃんも、ちょっと染まったね」

「そうだなあ」

「そうね」

光山と藤代さんも口々に賛成してみせた。

「染まるんだよ、誰でも」

光山が自信たっぷりに言いきった。

「染まらないなんて無理だ。みんな、毎日ちょっとずつ染まっていってる」

ひととふれあい関わりあい、さまざまな出来事をくぐり抜ける。そのたびに新たな色が加わる。赤や青や黄色や緑が複雑に重なりあい溶けあって、深い色あいになっていく。その変化はたえまなく続く。

「そうでしょう？」

光山がわたしの耳もとに口を寄せ、ささやいた。

言い返したかったけれど、思いとどまった。片頬だけが熱を帯びている。この赤い顔でなにを言っても、説得力に欠けるだろう。

「乾杯しましょう」

わたしは言った。なんだか乾杯したい気分だった。

四人でてんでに缶を打ちつけあって、口をつける。見上げたら、うららかに晴れあがった淡い水色の空が広がっていた。ふんわりと白い雲がひとひら、悠々と流れていく。

解説

北上次郎

瀧羽麻子『ハローサヨコ、君の技術に敬服するよ』を読んで、おやっと思った。これは2014年5月から2016年1月まで、「web集英社文庫」に連載され、2016年5月にオリジナル文庫として刊行された長編である。高校を舞台にした学園小説だ。

おやっと思ったのは、瀧羽麻子のデビュー作『うさぎパン』を思い出したからだ。こちらはダ・ヴィンチ文学賞大賞を受賞した長編で、やはり高校を舞台にした学園小説である。2作とも高校を舞台にして、高校生が主人公の小説なのである。ところが、2作の仕上がりは明らかに違っている。どう違うのかを、まず見てみよう。

『うさぎパン』の主人公は高校1年の優子。幼いときに母を亡くしていて、商社マンの父はロンドンに単身赴任中。義母のミドリさんと暮らしている。その優子がクラスメイトの富田君とパン屋さんめぐりをする話だ。そこに家庭教師の美和ちゃんが絡んできて――という話になっていくが、淡く優しい物語といっていい。

対する『ハローサヨコ、君の技術に敬服するよ』の語り手は高校1年の誠。つまり男子である。まず、ここから違っているが、この先はもっと違う。誠は幼なじみの小夜子とネットにまつわる事件を解決しているのだが、出てくる人物がみんな一味変わっているのだ。誠と小夜子の仲は、一緒に事件を解決するくらいだから悪くはないのだが、この二人、付き合っているわけではない。パソコンおたくの小夜子は、パソコンに向き合っていないときは結構無愛想で、そのオンとオフの切り替えが面白い。誠を下に見ているし、そういう関係であることを誠は諦めている。とても恋仲にはなりそうもない関係だ。さらに誠の同級生達也がいる。この少年はいつも如才なく調子いい若者だが、小学生の妹真琴に頭が上がらないとの設定で、女王様と奴隷の関係に似ているから、誠には理解できない。このように、わき役にいたるまでこちらは超個性的な登場人物が揃っているから、結果として奥行きのある物語になっている。

つまり、『うさぎパン』が「優しい物語」とするならば、『ハローサヨコ、君の技術に敬服するよ』は「彫りの深い物語」なのだ。前者の刊行が07年8月、後者の刊行が16年5月。その間、約9年の歳月がある。その約9年の間に、『うさぎパン』から『ハローサヨコ、君の技術に敬服するよ』に変えるものがあったということだ。

　では、どこがターニングポイントであったのか。そこで、これまでに刊行された瀧羽麻子の作品を列記する。その内訳はこうだ（2016年12月現在）。

①『うさぎパン』07年8月（メディアファクトリー）　11年2月幻冬舎文庫
②『株式会社ネバーラ北関東支社』08年2月（メディアファクトリー）　11年6月幻冬舎文庫
③『白雪堂』09年6月（角川書店）　13年1月角川文庫（『白雪堂化粧品マーケティング部峰村幸子の仕事と恋』と改題）
④『左京区七夕通東入ル』09年7月（小学館）　12年4月小学館文庫
⑤『はれのち、ブーケ』10年11月（実業之日本社）　12年12月実業之日本社文庫
⑥『左京区恋月橋渡ル』12年4月（小学館）　15年2月小学館文庫
⑦『オキシペタルムの庭』12年10月（朝日新聞出版）　15年8月朝日文庫（『花嫁の花』と改題）
⑧『いろは匂へど』14年4月（幻冬舎）　17年2月幻冬舎文庫（本書）

⑨『ぱりぱり』14年7月（実業之日本社）
⑩『サンティアゴの東　渋谷の西』15年2月（講談社）
⑪『ふたり姉妹』15年5月（祥伝社）
⑫『失恋天国』15年9月（徳間書店）
⑬『ハローサヨコ、君の技術に敬服するよ』16年5月（集英社文庫）

この13作を簡単に紹介すると、②は恋に破れて東京の外資系証券会社を辞め、田舎の納豆メーカーに転職したヒロインの日々を描く長編。③は化粧品メーカーの新入社員を主人公にした「お仕事小説」。ここまでをデビュー直後の第1期とするなら、④〜⑦が成長の第2期。④と⑥は京都を舞台にした大学生たちの恋と青春を描く。この第2期は世評の高い④⑥よりも、⑤と⑦にその特徴が現れている。どちらも30代の女性が主人公として出てくることに留意。つまり、30代になって「こんなはずじゃなかった」というほろ苦さが作品の隠し味に使われるのだ。⑧は後述するとして、次は⑨〜⑬。こういう成長曲線を描いてきた瀧羽麻子の活躍期が今だ。

まず⑨は、17歳で詩人としてデビューした少女すみれを軸にした連作集で、姉妹の複雑な感情の日々、担当の女性編集者北川の事情、隣の部屋に住む青年の優柔不断、すみれの才能を発見した中年教師の場合などなど、すみれを取り巻く人々のドラマをみずみずしく描いていく。時間線を縦横無尽に行き来し、視点を自在に変えて、周囲の人々の人生を鮮やかに描きだしている。

⑩も素晴らしい。こちらは短編集。舞台はサンティアゴ、津軽、上海、瀬戸内、アントワープ、渋谷。男女がいる。さまざまなドラマがある。共通するのは時間だ。歳月だ。私が書いた新刊評の一部を引く。

ようするに善意あふれる山本は、家族がばらばらであるのはまずい、みんなで仲良くしたいと考えて上海までやってきたのである。そういう上海の1日が淡々と描かれる。信三が娘の婚約者と会って何を思ったのか、その心中は巧妙に避けられている。この短編の背後にあるのは、追憶であり、歳月の流れである。その時間の記憶とでもいうべきものが、背後に横たわっている。スケッチふうの短編だが、奥行きを感じさせるのはそのためだ。短編によってまだバラつきはあるが、この作家の著しい進境がうかがえる作品集となっている。ちなみに、夫婦が別れる顚末を描く「渋谷で待つ」も好み。

もう絶賛に近い。もっと語りたいが、与えられたスペースがそろそろなくなってきたのであとは急ぐ。仲がいいのか悪いのか、姉妹の微妙な関係を描く⑪、やや実験的な⑫も、この時期ならではの作品といっていい。

そしてもうお判りだと思うけれど、ターニングポイントになったのが、本書『いろは匂へど』ではないだろうか、というのが私の推理なのである。

京都を舞台にした恋物語で、小さな和食器店を営む三十代半ばのヒロインが、五十歳の草木染め職人に心を揺らす日々を描く長編である。これは何といっても、アメリカ人教師ブライアンがキモ。ヒロインに近づく男が年上でも年下でもとにかく全部反対するこの外国人を登場させることで、京都の恋物語に奥行きが生まれていることに留意。これこそが、『ぱりぱり』『サンティアゴの東　渋谷の西』という第3期の傑作につながる瀧羽麻子の成熟なのである。

――書評家

この作品は二〇一四年四月小社より刊行されたものです。

幻冬舎文庫

●好評既刊
うさぎパン
瀧羽麻子

継母と暮らす15歳の優子は、同級生の富田君と初めての恋を経験する。パン屋巡りをしながら心を通わせる二人。そんなある日、意外な人物が優子の前に……。書き下ろし短編「はちみつ」も収録。

●好評既刊
株式会社ネバーラ北関東支社
瀧羽麻子

東京でバリバリ働いていた弥生が、田舎の納豆メーカーに転職。人生の一回休みのつもりで来たはずが、いつしかかけがえのない仲間との大切な場所に。書き下ろし「はるのうららの」も収録。

●最新刊
女の子は、明日も。
飛鳥井千砂

略奪婚をした専業主婦の満里子、女性誌編集者の悠希、不妊治療を始めた仁美、人気翻訳家の理央。女性同士の痛すぎる友情と葛藤、そしてその先をリアルに描く衝撃作。

●最新刊
骨を彩《いろど》る
彩瀬まる

十年前に妻を失うも、心揺れる女性に出会った津村。しかし妻を忘れる罪悪感で一歩を踏み出せない。わからない、取り戻せない、もういない。心に「ない」を抱える人々を鮮烈に描く代表作。

●最新刊
みんな、ひとりぼっちじゃないんだよ
宇佐美百合子

だれかになぐさめてほしいとき、自分が変わりたいと思ったとき、この本を開いてみてください。あなたを元気づける言葉が、きっと見つかります。心が軽やかになる名言満載のショートエッセイ集。

いろは匂《にほ》へど

瀧《たき》羽《わ》麻《あさ》子《こ》

平成29年2月10日　初版発行

発行人——石原正康
編集人——袖山満一子
発行所——株式会社幻冬舎
〒151-0051東京都渋谷区千駄ヶ谷4-9-7
電話　03(5411)6222(営業)
　　　03(5411)6211(編集)
　振替00120-8-767643

印刷・製本—中央精版印刷株式会社

装丁者——高橋雅之

幻冬舎文庫

ISBN978-4-344-42572-9　C0193　た-45-3